一看就明白

《水浒传》

作家出版社

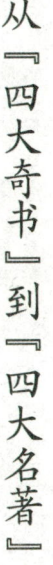

　　"四大奇书"，是指明代的四部通俗长篇小说：《三国志通俗演义》《忠义水浒传》《西游记》和《金瓶梅词话》。奇书之称，较早见于明代屠隆《鸿苞·奇书》，"奇书"主要指文言小说。明末张无咎《批评北宋三遂新平妖传叙》，称通俗小说"可谓奇书"。清初顺治庚子（1660），西湖钓史于《续金瓶梅集序》谓："今天下小说如林，独推三大奇书，曰《水浒》《西游》《金瓶梅》者，何以称夫？《西游》阐心而证道于魔，《水浒》戒侠而崇义于道，《金瓶梅》惩淫而炫情于色，此皆显言之、夸言之、放言之，而其旨则在以隐、以刺、以止之间。唯不知者曰

怪、曰暴、曰淫，以为非圣而畔（叛）道焉。"

康熙十八年（1679），李渔为醉耕堂《四大奇书第一种》（即毛纶毛宗岗评本《三国志演义》）作序，其中说："昔弇州先生有宇宙四大奇书之目，曰《史记》也，《南华》也，《水浒》与《西厢》也。冯犹龙亦有四大奇书之目，曰《三国》也，《水浒》也，《西游》与《金瓶梅》也。两人之论各异。愚谓书之奇当从其类。《水浒》在小说家，与经史不类；《西厢》系词曲，与小说又不类。今将从其类以配其奇，则冯说为近是。"弇州指王世贞，明代嘉靖万历年间人，冯犹龙即编辑"三言"等通俗短篇小说的冯梦龙，明万历时人。按照李渔的说法，王世贞首先发明了四大奇书的名目，但其中只有《水浒传》是小说，冯梦龙才用以统称四部长篇小说。李渔在两衡堂刊本《李笠翁批阅三国志》序言中也说过类似的话。李渔之后，"四大奇书"的说法逐渐流行而成俗惯之语。

清代以往，特别是到近现代，由于《金瓶梅》有"淫书"

之目，受到一些社会势力的抵制，而《红楼楼》行世后影响日增，表面上，《红楼梦》与《金瓶梅》又都是写家庭生活的"世情"或"人情"小说，《红楼梦》乃逐渐取代《金瓶梅》而跻"四大"之目。不过"四大名著"的说法，并未见之于正式著录，似乎是出版家们出于商业目的，把四部小说作为一套出版而逐渐约定俗成。特别是1949年以后，文学作品的出版成了国家行为，随着人民文学出版社推出这四部小说名著，"四大名著"之称乃日益普及。

当然，四大名著的确不愧"名著"，随着时代的演进，已经上升为文学经典和民族的文化瑰宝。二十世纪八十年代以后，根据四大名著改编的电视剧在中央电视台先后播出，更产生了巨大的社会影响。对四大名著的学术研究，也成了中国古代文学研究的重镇，每一部名著，都有相应的研究学会，各种研究论文和著作，都可谓汗牛充栋。进入二十一世纪，随着市场化、信息化时代到来，以四大名著为标榜的各

种著作和社会文化活动等更是层出不穷。

　　四大名著中，我对《红楼梦》研究用功最深，已经出版相关著作多种。其他三本书，早年也写过几篇论文。收入《箫剑集》（山西教育出版社2000年出版）者，有研究《三国志演义》的四篇，研究《西游记》的一篇。其中《诸葛亮形象的文化意义》首发于1986年11月18日《光明日报》"文学遗产"第七一九期，复被选入《名家品三国》（过常宝、刘德广主编，张净秋选编，中国华侨出版社2008年出版），《自由的隐喻：〈西游记〉的一种解读》则入选《20世纪〈西游记〉研究》（梅新林、崔小敬主编，文化艺术出版社2008年出版）。《浪子风流——〈水浒传〉与元曲文化精神脉络考索》发表于《水浒争鸣》第七辑（中国水浒学会主办，武汉出版社2003年出版）。

　　我曾主编六部古典小说"新评新校"系列丛书，山西古籍出版社1995年出版。其中我自己承担了《红楼梦》的评

校和《封神演义》的校，另外三大名著和《儒林外史》的评校以及《封神演义》的评，则约请其他学者完成。后来给研究生开四大名著研究课程，逐渐对《红楼梦》之外其他三部书的学术研究史况，也有了比较深入的了解。而三晋出版社（原山西古籍出版社）要重新推出四大名著的评批本，并希望由我一人承担全部评批工作。由于时间紧迫，我只完成了《红楼梦》评批的修订和《三国志演义》《西游记》的评批，保留了陈家琪评批的《水浒传》，四大名著新评本乃于2012年问世。不过随后一年多，我即又先后完成了《封神演义》与《水浒传》的评批，只是尚未有出版机缘。

在评批的基础上，又升华出文章。自2014年始，于《名作欣赏》上旬刊陆续发表了有关《水浒传》《西游记》《三国志演义》的三个探秘系列，并把其中内容观点在一些讲坛做学术演讲，而颇受欢迎和好评。现在这本《四大名著经典要义》，就是这些系列文章的结集，当然又增加了有关《红楼

梦》的部分（亦于《名作欣赏》上旬刊2018年各期发表）。

老实说，对这本书，我自己颇为得意。因为无论哪一部名著，都有新的发现发明，都是其他研究者基本上从来没有说过的。最得意的，是《水浒传》和《西游记》研究，"黄姓人"在《水浒传》里的艺术隐喻，对《西游记》思想艺术奥秘的种种新发现，此前从未有人道及。自以为解决了此二书聚讼多年公说公有理婆说婆有理的一些学术纷争，如《水浒传》是否肯定"忠义"价值，《西游记》是否只是"游戏之作"而"没有什么微妙的意思"，皆因我的文章而得出了答案，且自信能经得起历史检验。《三国志演义》的几篇，"帅哥"和"美女"是新作，其他三篇乃《箫剑集》中旧文新编。虽是旧文，其内容观点，也是独家提出，且迄今未被超越。"知遇之感"，"分合之韵"，"韬晦之计"，这些《三国志演义》的文化内涵，自以为搔着了该书痒处，与一般的常论不同。

至于《红楼梦》，自然奠基于我多年的红学研究心得，提

出某些新见，也仍然是探佚、思想、艺术三位一体的立场和表述。在表达讲解方式上，这次也颇有新特点，即格外突出了"两种《红楼梦》"的对比讲解，从情节内容，到思想境界、艺术形式，都把曹雪芹原著与后四十回续书的差异做黑白分明的对照对讲，与我以往的红学著作相比，可能更有醍醐灌顶的直观效果。

对四大名著的读解，"经典"是关键词，它与"奇书"有某种同义。美国汉学家浦安迪（Andrew H. Plaks）教授在学术演讲录《中国叙事学》（北京大学出版社1996年出版）中提出了中国古典小说的"奇书文体"概念，其名著《明代小说四大奇书》（有国内中文版，生活·读书·新知三联书店2015年新版）又提出了"文人小说"概念。他说："我对这些'奇书'的见解是基于这么一个信念，即它们只有被看作是反映了晚明那些资深练达的文人学士的文化价值观及其思想抱负，而不仅仅作为通俗说书素材摘要时，才会获得最富有意义的解释。我相信，这几部小说的最完备修订本的作者和读者正是创作了独树一帜的明代'文人画'和'文人剧'精品的同一批人。所以，我不揣冒昧，也许言过其实地把这些小说称为'文人小说'。"——周汝昌先生曾对浦安迪"奇书文体"的说法极表赞赏推崇。我相信，我这本著作将能够给浦安迪教授此种立场和理解提供有力的支持，并使其深化。

无论四大奇书还是四大名著，它们的确都是"文人小说"，创造了独特的"奇书文体"，也可以说就是精英文学，虽然有一个通俗小说的外壳。这就与其他等而下之的明清通俗小说有了严格区别，可谓泾渭分明而神情风貌大异。无论是思想的深刻，还是艺术的高明，或者境界的超越，四大奇书，四大名著，再加上《儒林外史》《封神演义》等少数几本，都比其他明清通俗小说高出了不知凡几。它们是完全不同层次和量级的作品，不可同日而语。这就是经典的分量和

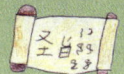

价值。而只有"奇书"和"经典",才有"精要"或"要义"可发掘,有"秘"可探。"精要"或"要义"和"秘"——其实是博大精深的中华文化。

因此,本书也体现了一种明确的学术立场,即不能完全赞成学界相当盛行的"世代累积型集体创作"说法,所谓:"明代小说四大奇书《三国》《水浒》《金瓶梅》《西游记》并不出于任何个人作家的天才笔下。它们都是在世代说书艺人的流传过程中逐渐成熟而写定的。"(上海古籍出版社1997年出版徐朔方《小说考信编·前言》)目前研究界对此说的过分张扬和穿凿,已经产生了对几部文学经典"拆碎七宝楼台"而"不成片段"之解构和矮化的消极作用。无论《三国志演义》或《水浒传》或《西游记》,都曾有过故事情节的"世代累积"过程,有过民间讲说的历史流传过程,这毋庸置疑。但,同样要承认,而且要更加强调和重视,这三部小说的现存文本,都曾经由一位天才级别的文人才士予以最后

写定，这种写定，是天才原创性质的，文学经典因此才得以出现，这一点不能怀疑，不容否定。无论小说作者是否名叫罗贯中、施耐庵、吴承恩，或另有他人，天才作者是确实存在的，不是乌有先生亡是公。《金瓶梅》同样如此。有天才作者，才有经典的文本。天才！天才！这是"四大奇书""四大名著"之所以能"奇"和"名"的根本所在。

表面看来，"世代累积型集体创作"与"天才文人创作奇书文体"，似乎只是对四大奇书、四大名著的具体学术定位有差异，其实，这种差异反映了更广泛更深刻更本质的治学方略分歧，它已经不局限于对中国古典小说的研究，而是涉及整个古典文学研究领域（也可以推广到全部文学艺术研究领域乃至其他学术研究领域）两种根本对立的学术研究的态度和立场。关键与核心所在，是对文学现象做学术研究的方略，究竟是考据、义理、辞章即史、哲、文三方面辩证结合，而"综互合参"（周汝昌语，非"综合互参"），还是把

"文献考据"绝对化，罔顾"义理"与"辞章"（也就是"思想"与"艺术"）的思辨与体悟，从而得出一些偏颇甚至完全错误的结论还自以为是？这个问题在四大奇书、四大名著的研究中格外突出。比如"红学"研究中关于脂批本与程高本的孰前孰后、孰优孰劣、孰真孰假的长期纠缠，就是典型的例子。

因为四大名著是"名著"和"经典"，其思想之高深、艺术之微妙非同小可，对它们做考据，研究者义理思辨和艺术感悟的素质能力之高低强弱也就成了一种重要的前提条件，脱离文本思辨和审美的单纯的文献考据往往会见木不见林而错会误判。而且，一个基本的事实是，古代小说的"文献考据"，由于"文献"本身的历史局限，带有各种复杂性和或然性，因此更不能把某些有限的、或然的看法或假说，某些一隅之见夸大成铁板钉钉的"结论"。对四大名著搞文献考据研究，能不能恰当地结合对文本的义理思辨和艺术感悟而"综

互合参"，这一点非常重要！

谭帆等著《中国古代小说文体文法术语考释》（上海古籍出版社2013年出版）中有"'奇书'与'才子书'考"一章，其中说："明末清初的文人以'奇书''才子书'指称通俗小说是有深意的：'奇书'者，内容奇特、思想超拔之谓也；'才子书'者，文人才情文采之所寓焉。故将小说文本称为'奇书'，小说作者称为'才子'，既是人们对优秀通俗小说的极高褒扬，同时也是对尚处于民间状态的通俗小说创作所提出的一个新要求。""明中后期持续刊行的《三国演义》《水浒传》《西游记》和《金瓶梅》确乎是中国小说史发展中的一大奇观。在人们看来，这些作品虽然托体于卑微的小说文体，但从思想的超拔和艺术的成熟而言，他们都倾向于认为这是文人的独创之作。""以'奇书''才子书'来评判通俗小说，实则透现了一种独特的文化信息，体现了文人对通俗小说这一文体的关注和评价，这是文人士大夫在整体上试图改造通俗

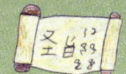

小说的文体特性和提升通俗小说文化品位的一个重要举措。"

因此，本书也鲜明地表现了我的治学个性和特点，可以概括为：悟证灵感迸发，论证展开阐释，考证补充完善。悟证、论证、考证三者齐头并进，相辅相成，而悟证和论证是本人的强项，考证则首先是一种借鉴式的宏观把握，具体的问题，往往需要时才查考比对资料而有意为之。我始终不是在"做论文"，而是在"写文章"，或者说在写"论笔"，这是我杜撰的一个词——随笔文章其形而有论文之实，突出"灵感""悟性"，也讲究"写文章"的"笔法"，而不呆板地标榜所谓"学术规范"，我的书文也因此有"可读性"。红学研究如此，其他古典小说研究如此，元曲、苏轼、佛教、道教研究也如此。得耶？失耶？是耶？非耶？说到本根上，中华文化是艺术型感悟型文化，不是科学型逻辑型文化，只用逻辑和"科学"，其实发现不了"四大名著"这些中华文学经典和文化经典之"精要"或"要义"和"秘"。

正是：

探秘方知经典奇，渔郎偷入武陵溪。

中华文脉千门户，梦觉雄鸣傲晓鸡。

2017 年 6 月 24 日于大连

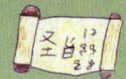

目录

宋江的「忠义」之谜

——《忠义水浒传》的价值导向

　　讨论《水浒传》的一个最核心的问题，是它的价值导向到底是什么，过去叫"主题思想"，未免有点过于执着，一部鸿篇巨制的章回小说，很难说有一个单一的"主题思想"，但价值导向是有的。

　　小说的价值导向往往和小说的第一主角密切联系在一起。《水浒传》的第一主角，毫无疑问是梁山泊的老大宋江，无论从所占篇幅的多少，还是从他在小说中的作用，乃至思想性格的多元复杂，宋江都明显是一百单八将中最突出的。

　　明万历年间胡应麟有一首题为《歌者屡召不至汪生狂发据高座剧谈〈水浒传〉奚

童弹筝佐之四席并倾余赋一绝赏之》的七言绝句："琥珀蒲桃白玉缸，巫山红袖隔纱窗。不知谁发汪伦兴，象板牙筹说宋江。"值得注意的是，这里就把"宋江"作为《水浒传》的代称。

我们也许津津乐道武松、鲁智深、林冲的故事段子，但讲到主导了小说基本思想格调的，宋江的确是作者殚精竭虑予以刻画的"第一人"。所以，把宋江这个人搞明白了，小说的价值导向也就大体清楚了。

一、从宋江的行为和思想看宋江是什么样的人

宋江是在第十八回出场的，这一回的回目叫"宋公明私放晁天王"。这一回的情节是这样的：宋江作为山东郓城县的押司，即县政府办公室主任一类的职位，接待上级部门派来的吏员何涛（职位叫"观察"），首先从何涛眼中刻画出

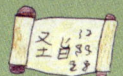

宋江的容貌身材等形象，再从小说家的全知视角给出介绍和定位：

1. 吏道纯熟，学得武艺多般。2. 生平只爱结识江湖上好汉，但有人来投奔他的，无有不纳，终日追陪，尽力资助。3. 人问他求钱物，亦不推托；且好做方便，每每排难解纷，只是周全人性命。4. 时常施棺材药饵，济人贫苦，扶人之困。5. 以此山东河北闻名，都称他作"及时雨"。

接着，何涛告诉宋江，郓城县东溪村的保正（村长）晁盖等七人劫持了梁中书送给蔡太师的"生辰纲"，自己是来给知县下机密公文，捉拿晁盖等一干罪犯。而宋江一听这个消息，"吃了一惊，肚里寻思道：'晁盖是我心腹弟兄。他如今犯了迷天大罪，我不救他时，捕获将去，性命便休了！'"于是假说知县在午休，把何涛稳在茶馆里喝茶，自己却飞马到晁盖庄子上通风报信，后面又故意拖延抓捕时间，拖到夜里才派人前往捕捉，结果晁盖等人准备就绪，再加上前去抓

003

捕的都头朱仝、雷横都是晁盖的朋友，有意放纵，晁盖等人就反上了梁山泊，紧接着火并了王伦，成了梁山的强盗首领。

宋江作为县政府的公务人员，却私自给被通缉的要犯通风报信，冒了极大的风险，如果被政府知道，就要满门抄斩。所以晁盖对吴用等人说宋江是"担着血海也似干系"救了我们。宋江出场的第一个重点亮相，就生动地体现了宋江的性格本质，也可以说是作者赋予宋江的第一个特点：

义气千秋，为救朋友，甘冒风险。

接下来写宋江的情节，到第二十回"郓城县月夜走刘唐"。一方面，梁山上晁盖等人火并了王伦后，杀退了前来征剿的官军，派遣刘唐给宋江送一百两金子表示感谢，宋江象征性地收了一条，其余全部退回。另一方面，叙述宋江资助阎婆母女安葬死去的阎公，阎婆一方面感恩，更重要的是贪图宋江的钱财，硬把女儿阎婆惜给了宋江做外室。下一回

又描写，宋江在街上遇到了一个孤寡老人王公，就想起来曾经答应给这王公买棺木送终的钱，又写一个青年小市民唐牛儿，在街上帮闲，常得宋江资助。此外第二十三回与第三十二回宋江帮助厚待武松，第三十八回交接厚待李逵等许多情节，都突出了宋江的另外一个特点：

仗义疏财行善，对朋友如此，对群众也是如此。

但还有更重要更本质的第三个特点。

这就是在第二十回描写，晁盖等人主宰了梁山泊后，与前来征剿的官军大战，杀了许多官军，并生擒了领兵的军官团练使黄安。而紧接着有一段对宋江的心理描写："宋江寻思：晁盖等众人，不想做下这般大事，犯了大罪，劫了生辰纲，杀了做公的，伤了何观察，又损害了许多官军人马，又把黄安活捉上山。如此之罪，是灭九族的勾当，虽是被人逼迫，事非得已，于法度上却饶不得。倘有疏失，如之奈何？"

　　这明确揭示出宋江讲"江湖义气"的心理底线，是以不从根本上与朝廷对抗为前提的。此后的一系列情节都是这一思想逻辑的演绎。

　　阎婆惜拿到了宋江和梁山反贼私通的来往书信，逼迫要挟，宋江一时情急，杀死了阎婆惜。而杀惜后，他选择的是逃避，并非去梁山落草。他先后去柴进庄上、孔家庄、花荣寨上逃躲，都是在体制内"避难"。在花荣寨上阴差阳错，被逼与官军对抗，几乎要上梁山了，却被父亲一封家书骗回，然后甘愿被政府逮捕审判充军。在去江州充军的路途上，梁山晁盖等人把他劫持上山，劝说入伙，而宋江予以坚决拒绝。

　　第三十九回宋江在江州充军服刑期间，又一次阴差阳错，浔阳楼醉后宣泄情绪而吟诗，被黄文炳抓住不放，步步紧逼，终于在第四十回、四十一回大闹无为军，杀死黄文炳，上了梁山。

　　我们看宋江终于落草，是名副其实地被"逼上梁山"。当然其间的因缘，都是由于他和江湖社会的联系。第一次杀阎婆惜，是因为梁山写给他的书信暴露；第二次大闹清风寨，是因为他路过清风山被强人劫持却因为江湖名声被尊为上宾，并说服王英放走了刘高的夫人；第三次浔阳楼吟诗题壁被判刑问斩，又是江湖弟兄和梁山好汉前来劫法场相救。

　　由于是被"逼上梁山"，宋江从心底就没有真正要造反的动机，而始终期待创造条件重归体制内，小说的大布局也是这样安排的。宋江刚刚上了梁山的第四十二回，就立刻又写他在还道村接受了九天玄女赐予的天书。九天玄女说得非常清楚："宋星主，传汝三卷天书，汝可替天行道，为主全忠仗义，为臣辅国安民，去邪归正。"所以，宋江从刚上梁山开始，就承担着明确的"天命"：改变晁盖"聚义"造反的政治路线，转向"忠义"招安的方向，即争取带领梁山好汉重新回归体制内，为国家效力，这就是所谓"替天行道"。

　　到第六十回芒砀山降魔，晁天王中箭，宋江继位成了第一把手，立刻将聚义厅改为忠义堂，明确了政治路线的重大方向调整。到了第七十一回一百单八将排座次后，宋江又立刻于重阳节作《满江红》词，并且"令乐和单唱这首词"，向全体首领宣布了此后政治奋斗的明确目标："望天王降诏早招安，心方足。"经过种种努力，终于在第八十二回实现了招安。此后为国家抵御外侮而征辽，平定内乱而剿除方腊，功成名就。虽然最后被奸臣所害中毒而死，但在被毒死前还召唤来会在自己死后造反的李逵，让他也喝下毒酒。

　　所以，小说描写宋江的一系列思想行为，逻辑理路十分清晰。这也可以看成是宋江的第三个特点，也是最根本的特点：

　　义气千秋有底线，义在后面忠在前，忠是大原则，义是附属品。

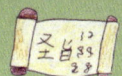

二、宋江的"忠义"体现在哪里?

《水浒传》的根本立意,既然是把宋江作为一个另类的"忠义英雄"来写,就要调动各种艺术手段来实现这个目标。说"另类",是因为要把一个武装反抗政府造反集团的头子,写成满怀忠义的大英雄。

首先,在第十八回宋江出场时就特意给他设计了三个绰号:及时雨、孝义黑三郎、呼保义。所谓"于家大孝,为人仗义疏财,人皆称他做孝义黑三郎""赒人之急,扶人之困,以此山东、河北闻名,都称他做及时雨""山东呼保义,豪杰宋公明"。

"孝义黑三郎"突出孝,"及时雨"代表了义,"呼保义"则暗示了忠。如前所论,江湖义气的"义"其实受"忠"的制约,"呼保义"者,就是要保证"义"的正统性和纯洁

性——也就是在"忠"统帅下的"义",而"忠"自然又是由"孝"衍化而来,所谓"忠臣必出于孝子之门"。其实,这也来源于最早的水浒故事资料,南宋龚圣予《宋江三十六人赞》中第一个就是赞的宋江:"呼保义宋江:不假称王,而呼保义。岂若狂卓,专犯忌讳?"说得很明白,"呼保义"是与造反"称王"对立的。《忠义水浒传》后来增设的"托塔天王"晁盖则是"称王"而"专犯忌讳"的,宋江取代晁盖,其中寓意明显。

正是:

三个江湖号,忠孝义三级跳。

再回头细看宋江被"逼上梁山"的曲折过程。第三十六回,宋江被判去江州充军,在路途中被劫上梁山,晁盖、吴用等强邀他入伙,而宋江以死相胁,坚决不肯入伙,他说:"小可不争随顺了,便是上逆天理,下违父教,做了不忠不孝之人。"他表白得极其明白,上梁山参加造反是"逆天理",

是"不忠不孝"，可见，宋江的"江湖义气"是绝对有价值底线的。

那么，宋江是如何被一步步逼上梁山的？那情节轨迹是这样的：

因江湖义气迫不得已杀阎婆惜犯了罪（第二十一回）——一开始逃避（先后躲藏于柴进庄、孔家庄、花荣处，分散于第二十二回、第三十二回至第三十四回）——因江湖义气一度几乎上梁山（肇因于清风山救刘高之妻，第三十五回）——被父亲家书骗回后遭官府擒拿而自愿接受判罪流放（第三十六回）——路途被劫持上梁山而坚决拒绝入伙（第三十六回）——浔阳楼醉后吟诗（第三十九回）。浔阳楼吟诗题壁是压倒了宋江不造反底线的最后一根稻草。那实际的流程是这样：

宋江在江州服流刑，虽然是犯人，但名声所系，结识了好几路江湖朋友，经常有人陪随玩耍游乐吃酒，日子过得颇

不寂寞。但有一天鱼贩子张顺送给他鲜鱼，宋江"贪爱爽口，多吃了些"，导致肚痛腹泻卧床多日。一天终于病好了，就想找朋友聚会吃酒，先后寻访戴宗、李逵、张顺，却一个都找不到，信步出城，见到江边有名的酒楼浔阳楼，就独自上去要了酒自斟自饮。独自喝闷酒，喝多了就来情绪，想到自己"结识了多少江湖上人，虽留得一个虚名，目今三旬之上，名又不成，利又不就，倒被文了双颊，配来这里"，于是"酒涌上来，潸然泪下，临风触目，感恨伤怀"，就在酒楼粉壁上题写了一阕词《西江月》和一首七言绝句并署名"郓城宋江作"。宋江踉跄回家睡了一觉后，把这件事情完全忘记了，却被一个闲置的官吏黄文炳发现了壁上题诗，为了自己能得到实缺位置，就向知府告发，制造了一起文字冤狱，把宋江打入大牢，最后要开刀问斩，江湖朋友和梁山好汉联手劫了法场，救了宋江，并在宋江指挥下攻打无为军（军是宋代相当于府县一级的地方治所），擒杀黄文炳。此时的宋江除了

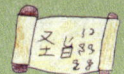

上梁山入伙，已经无路可走。这一段可以总结为：

喝酒生情绪，醉后抒闷气，吟诗题墙壁，酒醒全忘记，小人制造文字狱，逼上梁山无奈去。

这些情节链条一环扣一环，但都围绕着一个"中心思想"，就是宋江本是忠义之人，根本没有造反的念头，却被形势所迫，最后无奈上了梁山。因此，前面已经讲过的宋江上梁山后的思想行为举措自然顺理成章毫不奇怪：把聚义厅改忠义堂—谋求招安—实现招安—征辽—平方腊。

所以，宋江这个人是另类的"忠义英雄"，《水浒传》这部书的价值导向是忠义，可谓洞若观火。

三、《水浒传》原名不叫《水浒传》

我们的演讲标题都写《忠义水浒传》，在行文中简化为通行的《水浒传》，现在可以做交代了。

　　《水浒传》流传下来的文本，最早的是两张残页，1975年发现，现存上海图书馆，版口上的书名叫《京本忠义传》，一张是卷十的第十七页，一张是卷十的第三十六页下半页及上半页三行。这两个残页的刻印年代，专家的意见，是十六世纪上半叶，明朝正德、嘉靖年间，可能刻于福建，但底本在南京，即版口所谓"京本"。另外有郑振铎原藏八回残本，号称"嘉靖本"，但是否即为嘉靖年间所刻印，学术界仍有争议。

　　完整的版本，按文字具体描写的多寡及生动细致与否区别，分为繁本和简本。学术界的主流意见，认为繁本在前，简本在后，乃书商为减少成本牟利的删略本。但所谓简本，反而多出抵御辽国之后征剿方腊之前的两个故事，即平田虎和王庆的二十回，即"文简事繁本"，有一百零四回本、一百一十回本、一百一十五回本、一百二十四回本等。

　　繁本则没有平田虎和王庆，即一百回的"文繁事简本"，

刻于明万历三十八年（1610）的杭州容与堂本是代表，前面有署名李卓吾（李贽）写的序言，书名《李卓吾先生批评忠义水浒传》。此本于1965年发现，国家图书馆收藏，同年12月，中华书局上海编辑所影印出版。1975年大量排印出版。有一个《钟伯敬批评忠义水浒传》，其祖本是容与堂本。另有天都外臣（汪道昆）撰序的《忠义水浒传》也值得一提，序所署的日期是明万历十七年（1589），虽然学界考证，现存本是清代康熙年间石渠阁补刻本，但其底本或为明万历十七年本。

一百二十回本乃在百回繁本中插进了简本中征田虎、王庆的二十回，现存最早的一百二十回本，是明万历四十二年（1614）袁无涯刻《李卓吾评忠义水浒传全书》。1924年发现了几种一百二十回本和几种残缺的百回本，一百二十回本开始翻印出版。

明末清初以来，流行的大众读本，则是金圣叹删改并加

评点的七十回本或七十一回本（原第一回成为"楔子"），即崇祯十四年（1641）金圣叹的贯华堂本《第五才子书施耐庵水浒传》。

综上所述，现存最早的《京本忠义传》残页、杭州容与堂本《李卓吾先生批评忠义水浒传》一百回本、天都外臣序《忠义水浒传》一百回本、袁无涯刻《李卓吾评忠义水浒传全书》一百二十回本，书名中都有"忠义"二字，可见，小说的原名应该是"忠义水浒传"，"忠义"二字画龙点睛，直揭全书大旨。

第二讲

『菊花诗』、黄姓人及其他

——《忠义水浒传》的艺术奥秘

上一讲已经涉及了一些艺术手法问题，如对宋江的形象刻画和绰号设计等，这一讲专门讲一下《忠义水浒传》写宋江乃"忠义英雄"的一些特殊艺术方法，也可以说是艺术奥秘。其中有些艺术技巧是笔者的独家揭秘，此前从明朝的李卓吾到清初的金圣叹，乃至迄今为止的"水浒学"研究界，没有任何一个人对其有丝毫察觉。

首先再概述一下小说写宋江的梗概大略：宋江本无造反心志，从来不想上梁山，最后上梁山是被逼无奈，虽上梁山而忠义的信仰始终不曾改变。其故事情节大轮廓是：

三个江湖号，忠义三级跳；

不肯上梁山，忠义是泰山；

醉后发牢骚，谁知灾祸招；

被逼上梁山，忠义不改变；

虽然上梁山，一心谋招安；

招安获成功，为国立大功；

功成被害死，忠义大英雄。

毫无疑问，小说对宋江的根本定位是"忠义"，我们再回顾一下写宋江的出场和结局这一头一尾，是如何突出这一核心理念的。

一、出场与结局的凤头豹尾

前面讲过，第十八回宋江出场，首先是通过何涛的视角表现的，乃一段骈文体的赞词：

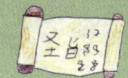

眼如丹凤，眉似卧蚕。滴溜溜两耳悬珠，明皎皎双睛点漆。唇方口正，髭须地阁轻盈；额阔顶平，皮肉天仓饱满。坐定时浑如虎相，走动时有若狼形。年及三旬，有养济万人之度量；身躯六尺，怀扫除四海之心机。上应星魁，感乾坤之秀气；下临凡世，聚山岳之降灵。志气轩昂，胸襟秀丽。刀笔敢欺萧相国，声名不让孟尝君。

然后是散文介绍："那押司姓宋，名江，表字公明，排行第三，祖居郓城县宋家村人氏。为他面黑身矮，人都唤他做黑宋江；又且于家大孝，为人仗义疏财，人皆称他做孝义黑三郎。上有父亲在堂，母亲早丧；下有一个兄弟，唤做铁扇子宋清，自和他父亲宋太公在村中务农，守些田园过活。这宋江自在郓城县做押司。……"省略号的内容就是第一讲开

头概括的：

　　1.吏道纯熟，学得武艺多般。2.生平只爱结识江湖上好汉，但有人来投奔他的，无有不纳，终日追陪，尽力资助。3.人问他求钱物，亦不推托；且好做方便，每每排难解纷，只是周全人性命。4.时常施棺材药饵，济人贫苦，扶人之困。5.以此山东河北闻名，都称他作"及时雨"。

　　再下面，则是一阕《临江仙》词：

　　　　起自花村刀笔吏，英灵上应天星。疏财仗义更多能。事亲行孝敬，待士有声名。　　济弱扶倾心慷慨，高名水月双清。及时甘雨四方称，山东呼保义，豪杰宋公明。

　　像这样隆重推出的渲染，一百单八将中，只有两个人，一个是三十六天罡星之首宋江，另一个是三十六天罡星之

末燕青。其他英雄豪杰，都无此"待遇"。如梁山前领袖晁盖的出场，只有简单的几句介绍。吴用出场，也只有几笔外貌描写，一段骈文赞词。宋江与燕青的突出亮相，当然是精心安排而深有作意的。燕青暂且按下不表，下一讲再说。

我们看描写宋江的骈文，一开头就说"眼如丹凤，眉似卧蚕"，这种措辞，立刻让人想到《三国志演义》中关羽出场时对他的描写"丹凤眼，卧蚕眉"，而关羽是与大成至圣先师孔夫子并列的武圣人，这种作意是把宋江抬高到与关羽并驾齐驱的圣人地位。而骈文最后两联"志气轩昂，胸襟秀丽。刀笔敢欺萧相国，声名不让孟尝君"，则不仅赞美"志气"和"胸襟"，而且把宋江比作帮助汉高祖刘邦平定天下的丞相萧何，与战国四公子之一的齐国的相国孟尝君。这是对宋江的另一种身份定位，他是能帮助君王安天下致太平的宰相"王佐"之才。既是关羽，又是萧何，广结天下豪杰之士的孟尝君其实是文武双全的大忠臣，而绝非心存异志的反

叛。《临江仙》词则再一次突出了"及时雨""孝义黑三郎""呼保义"三个绰号的内涵：义、孝、忠的"三级跳"。所以，对宋江出场的描写，其寓意巧妙而清楚：

亮相就是圣贤，忠义写在脸上。

容与堂本和天都外臣序本有"致语"，即每回开头的引头诗，如第五十一回的"致语"概述宋江一生功业：

龙虎山中走煞罡，英雄豪杰起多方。

魁星飞入山东界，挺挺黄金架海梁。

幼读经书明礼义，长为吏道志轩昂。

名扬四海称时雨，岁岁朝阳集凤凰。

运蹇时乖遭迭配，如龙失水困泥冈。

曾将玄女天书受，漫向梁山水浒藏。

报冤率众临曾市，挟恨兴兵破祝庄。

谈笑西陲屯甲胄，等闲东府列刀枪。

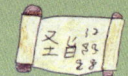

两赢童贯排天阵，三败高俅在水乡。

施功紫塞辽兵退，报国清溪方腊亡。

行道合天呼保义，高名留得万年扬。

　　袁无涯刊本、大涤余人序本、芥子园本、日本无穷会藏本等则删去了"致语"，但对宋江的赞美，又在第四十二回见九天玄女后返回梁山泊前，增加了一篇古风：

昏朝气运将颠覆，四海英雄起微族。

流光垂象在山东，天罡上应三十六。

瑞气盘旋绕郓城，此乡生降宋公明。

幼年涉猎诸经史，长来为吏惜人情。

仁义礼智信皆备，兼受九天玄女经。

豪杰交游满天下，逢凶化吉天生成。

他年直上梁山泊，替天行道动天兵。

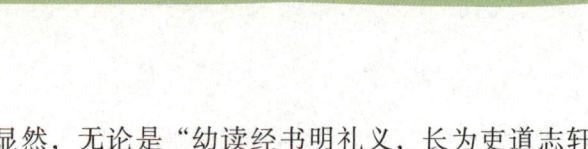

　　显然，无论是"幼读经书明礼义，长为吏道志轩昂"，还是"仁义礼智信皆备，兼受九天玄女经"，宋江毫无疑问乃"行道合天呼保义"的忠义精神之化身。

　　我们再看对宋江结局的描写，集中在第九十九回"宋公明衣锦还乡"和第一百回"宋公明神聚蓼儿洼，徽宗帝梦游梁山泊"中。主要故事情节是：

　　1. 卢俊义在庐州饮御酒后腰肾疼痛，坐船酒醉落水而死。

　　2. 宋江在楚州任上，楚州有蓼儿洼，风景类似梁山泊，宋江常去游览怀旧。

　　3. 奸臣送来御酒，宋江饮酒中毒，死前招来任润州都统的李逵，让他也饮有毒御酒。

　　4. 吴用和花荣获知宋江死讯后，来到宋江墓前上吊自杀。

　　5. 宋徽宗在李师师处做梦，已经成为泰山东岳庙山神的戴宗在梦中引导宋徽宗到梁山泊，见到宋江，宋江哭诉被害

死冤屈。

6. 宋徽宗派太尉宿元景调查后，敕封宋江为忠烈义济灵应侯，梁山泊和楚州两地都盖庙，有一百单八将塑像，庙号"靖忠之庙"。

7. 两首七言律诗结束小说。诗歌的主题句是："生当鼎食死封侯，男子生平志已酬。不须出处求真迹，却喜忠良作话头。"

"忠义"最后定格为"忠良"，更加明确了"良民"的非反叛定性。而"忠烈义济灵应侯"的封号，更鲜明地凸显了"义"是在"忠烈"的规范之下，故曰"靖忠之庙"。

这也照应了第八十五回的情节，宋江奉朝廷之命征辽，辽国晓以个人利害，招募水浒好汉投辽，而众兄弟也心动时，宋江对吴用表达了斩钉截铁的立场："纵使宋朝负我，我忠心不负宋朝。久后纵无功赏，也得青史留名。"

对宋江出场与结局的描写，艺术地也十分明确地给出了宋江的盖棺定论：他虽然曾经被迫造反，却实在是一个忠义

英雄，因为忠义，故死后封侯而且成神。

"纵使宋朝负我，我忠心不负宋朝。"这两句话定性了宋江的"忠义"本质，也是那个时代最高的价值准则。一涉及国家、民族，不管这个国家和民族的首领和领导集团或制度有多么大的问题，也不能投外国外族而背叛本国本族。这成了不容任何质疑的铁律和根深蒂固的传统。这是《忠义水浒传》最基本的价值导向，当然从今日的"普世价值"立场看，是有局限性的。

二、化用黄巢反寓宋江的艺术奥秘

前面讲过，宋江虽然结交江湖豪杰，但本质上是忠义之人，并无造反心志，他被"逼上梁山"缘于喝酒后一时发牢骚宣泄情绪，写了一诗一词。而被黄文炳抓住把柄告为"反诗"铁证的是那首七言绝句：

心在山东身在吴，飘蓬江海谩嗟吁。他时若遂凌云志，敢笑黄巢不丈夫。

黄文炳看了就说："这厮无礼，他却要赛过黄巢，不谋反待怎地？"我们都知道，黄巢是唐朝末年的农民起义军领袖，乃曹州冤句（今山东荷泽西南）人，出身盐商之家，善骑射，通文墨，科举却屡试不第，唐朝末年响应王仙芝起义造反，王仙芝死后称王，号"冲天大将军"，后来攻进长安，即皇帝位，国号"大齐"，三年多后兵败身死。

宋江与黄巢都是山东人，二人都既能文也能武，黄巢科举不第，宋江沉抑下僚；黄巢造反，宋江也被逼上梁山，而且唐是与宋时间最接近的朝代，二者的确有可比性。宋江诗中不提其他朝代的起义领袖，而单提黄巢，似乎顺理成章。

但《忠义水浒传》的艺术作意远不止此，而隐藏着更微妙的艺术奥秘。要揭开这个奥秘，有两点可作分析。

第一，菊花诗；

第二，几个姓黄的人。

首先看宋江在梁山泊英雄排座次后于重阳节让乐和当着所有头领唱的《满江红》。这阕词是宋江自己作的，实际上是借此向大家提出未来的政治路线纲领，核心内容就是要争取朝廷招安。

　　喜遇重阳，更佳酿今朝新熟。见碧水丹山，黄芦苦竹。头上尽教添白发，鬓边不可无黄菊。愿樽前长叙弟兄情，如金玉。

　　统豺虎，御边幅。号令明，军威肃。中心愿平虏，保民安国。日月常悬忠烈胆，风尘障却奸邪目。望天王降诏早招安，心方足。

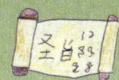

上半阕是"义"——愿樽前长叙弟兄情，如金玉；下半阕是"忠"——日月常悬忠烈胆，而奋斗目标是——望天王降诏早招安，心方足。很明白，"义"是要服从于"忠"的。

设计宋江在重阳节用菊花词来宣示政治路线，而不写如元宵节、中秋节等，就是一种"忠义变奏"的微妙艺术。微妙何在呢？奥秘就在于黄巢有两首知名度极高的菊花诗。一首据说是黄巢七八岁时写的：

飒飒西风满院栽，蕊寒香冷蝶难来。他年我若为青帝，报与桃花一处开。

另一首题目是《不第后赋菊》，也就是科举考试失败后写的：

待到秋来九月八，我花开后百花杀。冲天香阵透长安，满城尽带黄金甲。

重阳节采摘菊花是源远流长的文化习俗。宋江的菊花词是"喜遇重阳"，黄巢的菊花诗是"待到秋来九月八"，也就是九九重阳节的前夕，用"九月八"当然也是为了押韵。关键的差异是宋江的菊花词与黄巢的菊花诗表达了截然对立的心志思想。宋江期冀的是"望天王降诏早招安，心方足"，黄巢表达的却是"他年我若为青帝，报与桃花一处开""冲天香阵透长安，满城尽带黄金甲"。

宋江要招安回归体制内当忠臣，黄巢要造反推翻体制自己当皇帝，可谓针锋相对背道而驰。很明显，与黄巢堪称同道的合是后来被宋江代表朝廷剿杀的方腊，也暗含了生前被宋江架空临死时留遗言否定宋江接班的晁盖。晁盖一死，宋江立刻把"聚义厅"改成"忠义堂"，就是标志性的动作。故

而，宋江在浔阳酒楼发牢骚所作"反诗"的关键句"敢笑黄巢不丈夫"，在吟诗的当下确是宣泄愤懑狂悖的情绪，但作者赋予的深层隐喻，其实却在暗示宋江的忠义本质，即他是说黄巢造反算不上大丈夫所为，在体制内做一番忠义的大事业才堪称"大丈夫"。这就是我们前面讲的"化用黄巢反寓宋江的艺术奥秘"，"反寓"，就是表面相似，实质相反。宋江的"反诗"，其实是"反照风月宝鉴"。

黄巢和菊花诗是对宋江"反弹琵琶"的基本艺术因子，在此基础上，又进一步引申出一连串"黄"姓人的隐喻。

一共设计了五个姓黄的人，正面反面侧面，隐喻宋江实在是一位"忠义黄巢"。都是哪几个黄姓人？

（一）黄文炳与黄文烨

黄文炳是陷害宋江，最后把宋江"逼上梁山"的罪魁祸首。第三十九回描写江州对岸无为军在闲通判黄文炳："是

阿谀谗佞之徒，只要嫉贤妒能，胜如己者害之，不如己者弄之，专在乡里害人。闻知这蔡九知府是当朝蔡太师儿子，每每来浸润他，时常过江来谒访知府，指望他引荐出职，再欲做官。"这个黄文炳心术不正，却也颇有能力，他发现了宋江的"反诗"后立即举报，并死死揪住不放，先后识破了宋江的装疯和戴宗的假书信，一再催促蔡九知府赶快把宋江和戴宗斩首，以免夜长梦多。他这样做，其深层动机又并不是为了朝廷，而是为了自己立功做官。

但这个绰号"黄蜂刺"的黄文炳，却有一个绰号"黄佛子"（金圣叹改成"黄面佛"）的同胞哥哥黄文烨，"平生只是行善事，修桥补路，塑佛斋僧，扶危济困，救拔贫苦"。这兄弟两人共巷分院而居，却大道朝天，各走一边。黄文炳陷害宋江，黄文烨却在背后骂："又做这等短命促掐的事。于你无干，何故定要害他？"故而后来宋江带领江湖兄弟们攻打无为军，宋江吩咐众人："只恨黄文炳那贼一个，却

与无为军百姓无干。他兄既然仁德，亦不可害他，休教天下人骂我不仁。"后来抓住了黄文炳，杀剐之前，宋江大骂："你哥哥黄文烨，他怎恁般修善，我昨夜分毫不曾侵犯他。你这厮在乡中只是害人，交接权势，浸润官长，欺压良善。"

显然，黄文烨和黄文炳兄弟两个，都是从"黄巢"之"黄"衍义而来，其隐喻的意思，就是宋江本来是"黄佛子"，却被"黄蜂刺"无端陷害，逼上梁山。

（二）黄孔目

"黄佛子"宋江被"黄蜂刺"逼迫陷害，即将开刀问斩，为了情节进展合理，又设计了一个黄孔目。孔目并不是名字，而是职位，即文案秘书一类。处斩宋江和戴宗，需要走一些法律文件程序，必须经过这位黄孔目处理。但黄孔目与戴宗要好，虽然救不了他，却找借口延宕行刑日期，

意思是让戴宗多活几天。他就对蔡九知府说："明日是个国家忌日，后日又是七月十五日中元之节，皆不可行刑。大后日亦是国家景命。直至五日后，方可行刑。"为什么要这样写呢？小说也交代得清楚："一者天幸救济宋江，二乃梁山泊好汉未至。"第二点是说情节的合理性，从山东的梁山泊到江州，路途遥远，梁山好汉赶来劫法场，是需要时间的。第一点就更有微言大义了，宋江是肩负"替天行道"天命的"星主"，他即将领导的招安大业尚未开始，老天当然不能让他死。

那么这位无心插柳柳成荫延宕时日救了宋江的孔目，为什么偏偏姓黄？显然，仍然是从"黄巢"一脉延伸设计而来。

（三）"草蛇灰线"埋伏黄安

黄安是谁？恐怕大多数读者都想不起这一号人。他出现在第二十回"梁山泊义士尊晁盖"中，晁盖、吴用、公孙

胜、刘唐、阮氏三雄七个人反上了梁山泊，林冲火并了王伦，晁盖成了寨主。这时朝廷派遣官军来征讨，领队的是济州团练使，名叫黄安。他率领一千人从石碣村攻打梁山泊，结果大败亏输，被梁山打了个落花流水，黄安本人也遭刘唐擒获。

到了第四十一回"宋江智取无为军"，宋江杀了黄文炳，在梁山泊入了伙，坐了第二把交椅。这时大家叙起旧事，吴用说当年宋江流放去江州路过梁山，不肯入伙，"不到江州，不省了多少事？"宋江却问："黄安那厮，如今却在那（哪）里？"晁盖回答："那厮住不够两三个月，便病死了。"而宋江的反应是"嗟叹不已"。

这是一段看似闲话却极富深意的文章。后来征讨梁山失败被擒的朝廷将领，基本上都被劝降入伙。从关胜、呼延灼、秦明、董平、张清，到宣赞、郝思文、韩滔、单廷珪、魏定国，无不如此。而这个第一次擒获的黄安，梁山却没有

胁迫他入伙，但也没有杀他，而是关押在后寨而病死了。为什么这样写呢？再有，为什么宋江刚一上梁山，别的不问，却对这个当年被擒获的黄安如此挂心呢？

这其实暗示了晁盖和宋江从一开始就存在路线的分歧和对前途的不同期待。晁盖没有招安的打算，他对于俘虏的朝廷将领无所谓，并没有让他们也入伙的强烈意愿。而宋江，却从上梁山的一开始，就在筹划将来被朝廷招安。被俘获的朝廷将领，无疑具有重回体制内的强烈愿望，他们原为朝廷将领的身份，也正是可以与朝廷沟通的桥梁。上面列举的后来被俘虏而坐了交椅的原朝廷将领，不全都是宋江招降的吗？宋江对这些被俘将领，往往是好言相劝，甚至脱下自己的锦袍披在对方身上，纳头下拜，请对方做山寨之主。对这些情节，读者一般会感觉宋江虚伪，其实，小说的本意是更深刻的。宋江刚上梁山就问起了黄安，就是这样一种为招安觅路的心志"逗漏"。

而黄安这个姓名，也寓意深长，黄——黄巢的黄，安——平安、招安的安。这个姓名的意思是，晁盖是真造反，他擒获黄安，而黄安被羁押病死，意味着晁盖是真要造反的黄巢，他破坏了天下的平安，他也不想被朝廷招安。而宋江，一上梁山就问起黄安，意味着他要改变晁盖的政治路线，带领梁山泊全伙受招安，使天下重新获得平安，宋江是一个名副其实的"忠义黄巢"。

这在后续情节上也照应得巧妙严密，就是宋江问完黄安的情况后，紧接着就是还道村九天玄女授予宋江天书，命令他"替天行道，为主全忠仗义，为臣辅国安民，去邪归正"，许诺"他日功成果满，作为上卿"，并且预言了他未来接受招安并为国家建立功勋的轨迹："遇宿重重喜，逢高不是凶。北幽南至睦，两处见奇功。"宋江将被太尉宿元景促成招安，打败高俅也正是为实现招安而创造条件，招安后将为朝廷去幽州征辽，去睦州平方腊，立下奇功。"还道村"者，正是归

返"替天行道"的正路之意。

宋江要受朝廷招安，而且是奉九天玄女的"天命"，早在宋元之际的《大宋宣和遗事》中已经定型，所谓九天玄女"天书付天罡院三十六猛将，使呼保义宋江为帅，广行忠义，殄灭奸邪"。北宋宣和年间李若水《忠愍集》也有一首记宋江受招安的诗《捕盗偶成》："去年宋江起山东，白昼横戈犯城郭。杀人纷纷剪草如，九重闻之惨不乐。大书黄纸飞敕来，三十六人同拜爵。狞卒肥骖意气骄，士女骈观犹骇愕。……"

宋江是"忠义黄巢"，刚被逼上梁山就问起"黄安"，寓意微妙。

（四）梁山唯一黄姓人

梁山泊一百单八将，三十六天罡星，共二十八个姓氏，因为三阮、二解，以及三个姓李三个姓张两个姓杨的，需要

减去同姓重复。七十二地煞星，与天罡星重复的姓氏，计有与朱仝同姓的朱武，宋江的弟弟宋清，还有老头领宋万，穆弘的弟弟穆春，与燕青同姓的燕顺，四个姓李，两个姓杨，一个姓张，此外同在地煞而同姓的有孙立、孙新，孔明、孔亮，童威、童猛，杜迁、杜兴，邹润、邹渊，朱富、朱贵，蔡福、蔡庆，王英、王定六，不计重复姓氏，共有五十二个姓，二十八加五十二，一百单八将共八十个姓。再加上前第一把手晁盖，则是八十一个姓氏。

八十一是一个有意味的数字，是《易经》阳数之极的"九"之九倍，我们立刻就可以想到《西游记》中唐僧西天取经共历八十一难，所谓"九九数完魔灭尽，三三行满道归真"（《西游记》第九十九回回目）。

原来一百单八将的姓氏还有如此奥妙，真是不枉经典。其实还不止此，比如同是大姓的王姓，却被摒弃于三十六天罡之外，而在七十二地煞中，也只有矮脚虎王英和活闪婆王

定六两个不起眼的小角色，这里面的奥妙后面再说。现在我们聚焦于一百单八将中唯一的黄姓人，就是地煞星中座次第二位的镇三山黄信。这位黄信，出场奇特，造反奇特，座次奇特，绰号奇特，情节奇特，姓名奇特。

首先看黄信的奇特出场。第三十三回"宋江夜看小鳌山，花荣大闹清风寨"，写宋江离开孔明孔亮兄弟庄上，前往好友花荣当武知寨的清风寨，路过清风山，被占山为王的一伙强人剪径捆绑上山，后来山寨头领知道原来是大名鼎鼎的及时雨宋江，立刻尊为上宾。这时小喽啰又抓来一个女人，原来是清风寨文知寨刘高的夫人。清风山头领之一的王英好色，要把她做压寨夫人。宋江顾念刘高是花荣的同僚，就力主把女子放下了山。但后来宋江去了清风寨，元宵看灯，却被刘高的夫人认出，唆使丈夫把宋江当强盗抓去。花荣用武力把宋江夺回，宋江潜往清风山，却被刘高派人半途埋伏截住抓走，而花荣并不知晓。这时，黄信出场了，他是青州兵

马司都监，被知府派来擒拿通匪的花荣。按官阶，可能比花荣还略高。

黄信到了清风寨，与刘高设计，假装请花荣来刘高处调解矛盾，在酒席上擒获了花荣。接下来第三十四回，黄信与刘高押送花荣和宋江（此时化名张三）前往青州府，半路却被清风山三个头领拦住要买路钱，黄信一人杀不过三个，跑回清风寨，花荣和宋江则被清风山头领所救，刘高被擒杀。这一回的回目叫"镇三山大闹青州道"，颇有调侃色彩。黄信号称"镇三山"，是夸口要剿除青州附近三个山头清风山、二龙山、桃花山的强人，却被清风山一个山头的强人就杀得落荒而逃，岂不有些可笑？所谓"大闹"也就是皮里阳秋了。

接下来是黄信奇特的造反。黄信逃回清风寨，给上级送信报告情况，说花荣与清风山强人勾结反叛，清风寨形势危险。青州府知府就请来青州总管本州兵马统制秦明，也就

是青州地区军分区的司令，让他领兵去征剿清风山。结果在花荣指挥下，把秦明活捉，并设计让青州知府相信秦明也反了，杀了秦明的妻子，秦明不得已也只有在清风山入伙落草。而这时秦明说黄信是自己的下级，自己还教过他武艺，算半个师傅，要去清风寨说服黄信也来入伙。果然秦明去了清风寨，告诉黄信你前天押送的张三其实是大名鼎鼎的及时雨宋江，我已经上山入伙，你也入伙吧，理由只是"免受那文官的气"。

这是相当奇怪的。秦明自己本来坚决不肯落草，对花荣等人说："秦明生是大宋人，死是大宋鬼。朝廷教我做到兵马总管，兼受统制使官职，又不曾亏了秦明，我如何肯做强人，背反朝廷？你们众位要杀时，便杀了我，休想我随顺你们。"后来因花荣让人假扮秦明，夜袭青州城，彻底断绝了他重新回到体制内的归路，才无奈落草。而黄信，只因为秦明说了几句话，就轻易抛弃了体制内的官职前途，

去清风山这个小山头落草，实在说不过去。至于写秦明、黄信仰慕宋江的大名，也不合情理。宋江主要是江湖上有名，在秦明、黄信那样的中级官僚阶层，其实不会有多大影响。

黄信的座次也写得相当奇怪。第三十五回花荣、秦明、黄信等九人拿着宋江的介绍信，上了梁山入伙，与原来的老头领重新排了座次。其中花荣在林冲之后，坐第五位，然后是秦明、刘唐、黄信、三阮，再后面是清风山三头领和梁山老头领杜迁、宋万等。

座次的先后，既决定于头领本身的本领高低、名声大小、对山寨的贡献等，更与原来体制内的官位高低密切相关。花荣是青州清风镇副知寨，黄信是青州府兵马司都监，秦明是青州指挥司总管本州兵马都监，按职位品级，秦明最高，黄信与花荣差不多。所以小说中特别加以解释说，"本是秦明才及花荣，因为花荣是秦明大舅"，所以让花荣排到了

秦明前面。因花荣曾用计策让官府杀了秦明的妻子，作为补偿，花荣把妹妹嫁给了秦明，这样花荣就成了秦明的妻兄，所谓"大舅"，在这里是家庭伦理超越了官位品级。黄信的座次在刘唐之后，三阮之前，因为刘唐和三阮是从智取生辰纲到火并王伦就入伙的"老革命"，而且本领也不弱，黄信这外来的"强龙"当然也必须尊重"地头蛇"。

但到了第七十一回石碣天书排座次，却发生了变化。秦明紧随林冲坐第七位，然后是呼延灼、花荣，秦明排到了花荣前面，不再讲大舅不大舅。而惊人的逆转是黄信的座次，他被从天罡星系列中踢出去，成了地煞星的第二位。

为什么会如此？我们联系黄信奇怪的绰号作分析，才恍然大悟小说的艺术奥秘。黄信的绰号"镇三山"在第三十三回有明确介绍："那青州地面，所管下有三座恶山：第一便是清风山，第二便是二龙山，第三便是桃花山。这三处都是强人草寇出没的去处。黄信却自夸要捉尽三山人马，因此唤做

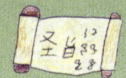

镇三山。"

清风山的头领是三位：锦毛虎燕顺、矮脚虎王英、白面郎君郑天寿。二龙山的头领是三位：花和尚鲁智深、青面兽杨志、行者武松。桃花山的头领是两位：打虎将李忠、小霸王周通。他们无一例外也先后百川归海，上了梁山。到了第七十一回排座次时，这些人与黄信都已经是同一战壕的战友，按盟誓说法，甚至是"生死弟兄"。那么，黄信的绰号为什么还叫"镇三山"，而且由石碣天书给予最终的合法性呢？黄信是地煞星第二，燕顺、王英、郑天寿、李忠和周通远远不如他，"镇"还说得过去，但鲁智深、武松、杨志却是天罡星里排第十三、十四和十七的大英雄，黄信凭什么"镇"他们？宋江不是有三个绰号吗？燕青不也有"浪子"和"小乙"两个绰号吗？石碣天书庄严神圣，为什么不给黄信换一个绰号？

原来这都是作者特意设计，隐喻微言。是何设计？微言

何指？答案就是黄信实际上是宋江的化身或曰影子，他是代表宋江统帅地煞系列的。宋江是梁山老大，是天魁星，鲁智深、武松和杨志当然也得听他的。黄信是代表宋江在"镇三山"，让他们都要服从忠义的价值观，接受朝廷招安。

黄信代表宋江，或者说是宋江的影子和化身，何以见得？我们看看石碣天书上天罡星的前五名和地煞星的前三名，就能参透个中玄妙了。

天罡星前五名依次是：

天魁星呼保义宋江

天罡星玉麒麟卢俊义

天机星智多星吴用

天闲星入云龙公孙胜

天勇星大刀关胜

地煞星前三名是：

地魁星神机军师朱武

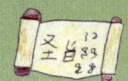

地煞星镇三山黄信

地勇星病尉迟孙立

这里面存在着星名、绰号、座次的指代和隐喻。显然，朱武是地煞星里面的吴用和公孙胜。吴用是"天机星"，朱武是"神机军师"，重复一个"机"字，"天机"也就是"神机"。最后的归宿，朱武是拜公孙胜为师修道去了。梁山的三位军师就是这样巧妙呼应的。而相应地，黄信其实是宋江和卢俊义在地煞星里面的替身，也就是领袖，当然主要暗示的是宋江。这里的微妙之处是朱武和黄信的前后位次颠倒了一下，这就使文情更加曲折，拟喻更加深隐，文章更加活泼，不会一下子就被人看出来而了无余味了。同时，宋江曾长期坐第二把交椅却掌握实权，晁盖死后才成为名副其实的老大，这样，影射宋江的黄信作为地煞系列的老二，也可以和宋江的情况一脉相通。

天罡前四名和地煞前两名是统帅和军师的"领导层"，

紧接着"天勇星"对"地勇星",则分别是天罡系列和地煞系列里的将领之首。再后面的"天雄星"和"地杰星",第二个字就不再用同一个字而完全对应了。天勇星关胜是关羽的后代,天雄星林冲则是"豹子头",乃张飞的化身。关羽是武圣人,意识形态忠义价值观的体现者,林教头就只有屈居象征关羽的关胜之下,把将领的首席拱手相让了。而黄信,既然是全书老大宋江的"影子",当然更是忠义价值观的隐喻了。显然,各种情节和人物的设置,都彰显着"忠"要制约"义"之"政治正确"的"大方向"。正是:

地煞领军代宋江,所以还叫镇三山。

宋江最后被毒死了,但黄信最后回到青州官复原职,荣华富贵终老。黄信是宋江的化身和影子,因此前面写了一次黄信奇怪的假死。那是第六十四回关胜征讨梁山,梁山派遣呼延灼假意反水归顺关胜,两军对阵,宋江派黄信出马直奔呼延灼,却被呼延灼一鞭打死,呼延灼因此取得关胜的信

任，最后作为内应，使得关胜中计被擒，最后也归顺了梁山。金圣叹于此批曰："不说真假，竟叙打死，则非黄信可知。"所以过了两回黄信又出现了，但对前面黄信被打死的情节，没有作任何交代。按照一般的情节逻辑，我们要问：那个被打死的假黄信是谁？答案自然是一个小喽啰假扮的。但问题来了，为了迷惑关胜，梁山就让一个小喽啰作无谓的牺牲品吗？这不是大大违背了宋江标榜的"仁"和"义"吗？而且后来招安，一个小喽啰和前来招安的奸臣发生冲突，犯了法，宋江不得不把他处死，宋江还大哭说自己自从上梁山当领导，从来没有坏过一个小喽啰，今天由不得自己了。

所以，假黄信被打死，完全是一个隐喻的桥段，就是暗示黄信乃宋江的化身，宋江后来被毒死了，但他的替身没有死，而是在体制内继续"镇三山"，为朝廷服务。宋江被毒死了，但平反昭雪，封侯立庙成神，受万世景仰崇拜。无论死的活的，都值了，因为坚持了忠义价值观。姓黄名信，

意味着宋江是"忠义黄巢"，他的忠义之心是可信的。正是：

假死原来是桥段，真身最后做将军。

"忠义黄巢"代公明，姓黄名信意味深。

到此，小说善用典故隐喻主题的一个技巧豁然贯通了：写宋江的"反诗""敢笑黄巢不丈夫"和重阳节菊花词《满江红》，以及黄文炳、黄文烨、黄孔目、黄安、黄信，都是从黄巢及其菊花诗一脉而来的"反面春秋"，目的都是表现宋江绝非心怀异志的反叛而是"忠义黄巢"。这是全书的主要价值导向，又是多么幽微超妙的艺术啊！

三、"王"与"龙"的隐喻

除了上面所揭示的艺术奥秘，《忠义水浒传》还有不少耐人寻味的艺术隐喻。比如对"王"与"龙"这种有传统象征含义的字词，小说就运用得十分讲究。

　　前面说过一百单八将的姓氏中，只有地煞系列里有两个小角色姓王，而王是数一数二的超级大姓，为什么那些著名的英雄都不姓王呢？这是因为"王"这个字特殊，它的基本含义是至尊为王。既然小说以"忠义"为本旨，就应该避免这个姓氏，也就是避讳。

　　再看一百单八将的绰号，其中有"王"和"龙"（包括"蛟"）这两个字的，有下面这样几位：

　　天闲星入云龙公孙胜、天微星九纹龙史进、天寿星混江龙李俊、地然星混世魔王樊瑞、地进星出洞蛟童威、地空星小霸王周通、地短星出林龙邹渊、地角星独角龙邹润。

　　三十六天罡星中有三条"龙"，而没有"王"。公孙胜是第一条"龙"，从资历来说，是最早的"革命者"之一。他主动去找晁盖，策划劫夺梁中书送给蔡京的"生辰纲"，所谓"公孙胜应七星聚义"（第十五回），从此奠定了公孙胜仅次于吴用的"副军师"地位。晁盖第一把交椅，吴用第二把交

椅，公孙胜第三把交椅。后来添了宋江做第二把手，晁盖死后，又有卢俊义上山坐第二把交椅，往后顺推，公孙胜成为第四位。

公孙胜能获此高位，不仅因为他是参加起义的元老，而且因为他有特殊本领，会神通法术，能战胜有妖法的敌人。要是没有他，梁山早在第五十四回的高唐州战役中就被擅长妖法的高廉打败剿灭了。

但"革命元老"公孙胜，也是最早脱离造反集体而自行其是的一位。早在第四十三回，宋江刚刚被形势际遇所迫而上了梁山入伙，公孙胜就以探望母亲和师尊为由，告别晁盖、宋江等梁山众兄弟而返回了蓟州老家，从此音信全无。到第四十四回，梁山又添了两位新头领，宋江对晁盖、吴用等说："我等弟兄众位今日共聚大义，只有公孙一清（一清是公孙胜的字号）不见回还。我想他回蓟州探母参师，期约百日便回，今经日久，不知信息，莫非昧信不来？"因而派遣

神行太保戴宗前往蓟州打探消息。戴宗去了蓟州，却找不到公孙胜，而招来了杨雄和石秀等人。到了第五十三回，梁山打高唐州，被高廉的妖法所困，吴用说只有请回公孙胜才能解围，再次派戴宗和李逵去蓟州寻访。经过种种曲折，软磨硬逼，公孙胜才下山"重回革命队伍"，"入云龙斗法破高廉"，扭转了败局，为梁山立下了大功。

但公孙胜虽然绰号里有"龙"字，但他是"入云"的龙，而"入云"的意思，并非风云际遇，做一番帝王事业，而是超凡脱俗而隐逸成仙，故曰"天闲星"。因而征辽完毕，打方腊之前，公孙胜就再次脱离了梁山大伙，回山修道，而且这一次是彻底地走了，再没有回头。第八十五回征辽途中，宋江拜谒公孙胜的师父罗真人，罗真人就对宋江说一旦征辽结束，就要放公孙胜回山修行，宋江只能回答："师父法旨，弟子安敢不听？况公孙胜先生与江弟兄，去住从他，焉敢阻当（挡）？"第九十回"五台山宋江参禅，双林渡燕青射雁"

征辽结束，燕青射雁就隐喻着梁山好汉即将风流云散，而公孙胜是第一个离去的（一百二十回本增加了平田虎、王庆的二十回书，又多了些公孙胜施展法术的情节，在第一百一十回离去）。总之，公孙胜虽然绰号里有"龙"字，但他是一条出世的龙，那是神仙世界的龙，与现实的皇权之"真龙天子"不构成冲突。

公孙胜还有一场重头戏，第六十回"公孙胜芒砀山降魔，晁天王曾头市中箭"，也深有隐喻意味。徐州芒砀山有一伙强人，为首的三个头领分别叫混世魔王樊瑞、八臂那吒项充、飞天大圣李衮，要吞并梁山大寨，宋江大怒，就派史进和朱武、陈达、杨春去征讨。这种设计颇有深意。百回本特别描写芒砀山"乃是昔日汉高祖斩蛇起义之处"，特别点出推翻秦王朝而建立新的汉王朝的刘邦，就影射了樊瑞等三人本来有造反夺天下的野心。混世魔王、八臂那吒和飞天大圣这三个绰号，也显然和《西游记》有关系。到底是《忠义水

浒传》抄了《西游记》或者相反？小说版本的流传演变复杂，其实很难弄清楚。孙悟空学艺归来杀了一个想抢占花果山的混世魔王，然后自己就开始造反，直至当齐天大圣继而大闹天宫，那吒（即哪吒）也曾经大闹龙宫，所以混世魔王、八臂那吒和飞天大圣这三个绰号都是造反的象征。

宋江派去征讨芒砀山的头领偏偏是史进、朱武、陈达、杨春这四个小说一开始就出现的造反英雄，深具匠心。而史进、朱武等却被芒砀山三雄打败了，宋江、吴用等率领大军前来增援，公孙胜立刻看出樊瑞会妖法，于是公孙胜用汉末三分时诸葛亮摆石头为阵的法术，破了樊瑞，擒拿了项充和李衮。宋江招抚项、李二人，让他们去劝樊瑞投降，而樊瑞就说"我等不可逆天"，归顺了梁山。樊瑞还进一步"拜公孙胜为师，宋江立主教公孙胜传授五雷天心正法与樊瑞"。所以回目说"公孙胜芒砀山降魔"，这个"魔"主要就是指"混世魔王"樊瑞。樊瑞等三人在芒砀山啸聚，隐含的意思是想

效法刘邦夺取天下，而公孙胜用汉末诸葛亮的石头阵破了樊瑞等。从秦末到汉末，隐喻意味有趣，说明樊瑞等不得天时，造反成功是痴心妄想，依附投靠以招安为宗旨的宋江才是正路。

樊瑞的绰号是"混世魔王"，有个"王"字。史进的绰号是"九纹龙"，有个龙字。"王"和"龙"都比喻帝王。史进作为《忠义水浒传》开卷第一回第一个出场的造反英雄，绰号、星名都有刻意经营的隐喻。绰号"九纹龙"，乃"九五之尊"，星号"天微星"，则是"帝星"，即象征人间帝王的紫微星——所谓紫禁城即由此而来。《水浒传》之"引首"就有这样的情节：宋仁宗降生后啼哭不止，太白金星下界安慰，在仁宗耳边说玉帝派遣"紫微宫中两座星辰下来"辅佐他。显然，史进和樊瑞，都具有明显的造反身份，让史进等少华山四杰去征讨芒砀山三雄，意味悠长。

但樊瑞这个"混世魔王"最后拜了"入云龙"为师，他

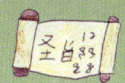

回避了，隐遁了，故其最后的结果是跟随公孙胜"做了全真先生，云游江湖"。而项充和李衮却在征讨方腊的战斗中死去，一个被剁为肉泥，一个被乱箭射死。少华山四个最早造反的英雄，只有朱武全身而退，拜公孙胜为师修道去了，而史进、陈达和杨春则都在平方腊的战斗中惨死。两伙象征造反的英雄，最后大多数为国平叛尽忠而捐躯，而其头领樊瑞和朱武则跟了公孙胜避世，不与当朝的"真龙天子"对抗，因而保全首领以终天年，象征意味浓郁。

特别具有深意的，是"公孙胜芒砀山降魔"虽然占一半回目，却描写很简短，很快就结束了。占了这一回大部分篇幅的是"晁天王曾头市中箭"，写了晁盖之死。十分明显，晁盖这个"托塔天王"是和樊瑞这个"混世魔王"暗暗相互对应的。"托塔天王"本来源于佛教典故，早期的水浒故事南宋龚圣予《宋江三十六人赞》（南宋周密《癸未杂识续集》辑录）中晁盖号"铁天王"，所谓"毗沙天人，证紫金躯。顽铁

铸汝，亦出烘炉"。"毗沙天人"即大梵天王，乃佛教三大神之一。但到了《忠义水浒传》里，劫取生辰纲而聚义造反的"托塔天王"，其内涵显然已经成了"混世魔王"——都是造反不臣而想夺天下称"王"的意思。虽然小说中写这个绰号的由来，只是表现晁盖力气大，能把西溪村的青石宝塔搬回了东溪村，但背后的隐喻意味，则在"天王"二字，具有犯上作乱、要造反称王的内涵。"混世魔王"拜了公孙胜为师，退却了，隐遁了。"托塔天王"却中箭而死了，其实就是归顺避世还有生路、造反不臣则必然失败死亡的隐喻。晁盖之死偏偏安排在这一回，就是用"芒砀山降魔"作引子和反衬。

宋江所作体现招安政治纲领《满江红》菊花词，词最后一句是关键句："望天王降诏早招安，心方足。"这里的"天王"指宋徽宗，有意用"天王"而不用例如"君王"等同义词，其实也是暗暗和晁盖的绰号"托塔天王"相互对应。意思非常明确，宋江寄予希望愿意臣服的是朝廷的"宋天王"

或"赵天王"——皇帝，绝不是江湖的造反领袖"晁天王"。一百单八将中没有姓赵的，也是避讳宋朝皇帝的御姓。

"晁"谐音"超"，"盖"是"盖帽了"，都是不肯臣服大宋天子而要自己争雄天下之意。而"宋江"则可引申为要效忠大宋江山。虽然宋江其人历史上确有其人，在《癸未杂识续集》和《大宋宣和遗事》等早期水浒英雄传说资料中，晁盖也已经是造反的三十六人之一，他们两人的姓名未必有这些谐音寓意。但到了《忠义水浒传》，把晁盖和宋江分别安排为梁山泊前后期的一把手，而政治路线大为分歧，则是巧妙地运用了两人姓名的谐音，而寓以微言大义。

再看看天罡星里的混江龙李俊和地煞星里面另外三条"龙"和一个"王"的情况：地进星出洞蛟童威、地短星出林龙邹渊、地角星独角龙邹润、地空星小霸王周通。李俊在征讨方腊战役结束返回朝廷的路途中，装病离队，并带走了童威童猛兄弟俩，三人后来去海外发展，李俊做暹罗国王，

童威童猛兄弟做了大将军。李俊是"混江龙",但这是去海外异域"混江"成"龙",不在中华为乱,故而是"天寿星"——与天同寿万万岁。童威这条"出洞蛟"跟着李俊,也就成了"地进星",他的弟弟翻江蜃童猛则是"地退星",知道"进退"就能成功而且长寿,好结果。地短星出林龙邹渊和地角星独角龙邹润叔侄俩,是孙新顾大嫂夫妇的朋友,因救解珍解宝而跟着孙新顾大嫂造反,最后上了梁山。邹渊是"地短星""出林龙",故死于征方腊之战役。邹润是"独角龙""地角星",局限于"地角","独角"也表示野心不大,故邹润在平定方腊战役中没有死,最后的结局是"不愿为官,回登云山去了"。"登云"者,"入云"也,也是类似于公孙胜、朱武、樊瑞的避世隐居,"久在樊笼里,复得返自然"(陶渊明《归园田居》)。至于小霸王周通,好色又贪财齐啬,当然也只能死于征讨方腊的战役,成为"地空星"——色、财、王霸,一切都是一场空。

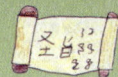

　　还有一个像晁盖一样被摈弃于一百单八将之外的好汉韩伯龙。这个人在元杂剧《梁山五虎大劫牢》中已经是水泊梁山的一条重要好汉，但到了《忠义水浒传》，反而成了一个影子一般的小角色，他一心投奔梁山入伙，却在上山前被李逵误杀。第六十七回这样描写：

　　　　正走之间，看见路旁一个村酒店，李逵便入去里面坐下，连打了三角酒、二斤肉吃了，起身便走。酒保拦住讨钱。李逵道："待我前头去寻得些买卖，却把来还你！"说罢，便动身。只见外面走入个彪形大汉来，喝道："你这黑厮，好大胆！谁开的酒店，你来白吃，不肯还钱！"李逵睁着眼道："老爷不拣那（哪）里，只是白吃！"那汉道："我对你说时，惊得你尿流屁滚！老爷是梁山泊好汉韩伯龙的便是！本钱都是宋江哥哥的。"李逵听了暗笑："我

山寨里那（哪）里认得这个鸟人！"原来韩伯龙曾在江湖上打家劫舍，要来上梁山泊入伙，却投奔了旱地忽律朱贵，要他引见宋江。因是宋公明生发背疮，在寨中又调兵遣将，多忙少闲，不曾见得，朱贵权且教他在村中卖酒。当时李逵去腰间拔出一把板斧，看着韩伯龙道："把斧头为当。"韩伯龙不知是计，舒手来接，见李逵手起，望门面上只一斧，胳膊地砍着。可怜韩伯龙做了半世强人，死在李逵之手。

对这位在元杂剧中已经扬名立万的梁山泊好汉韩伯龙，《忠义水浒传》的作者为什么要做这种改写？从一般的写作艺术衡量，这是一段没有多少意义的赘文。金圣叹修改并加评点的本子，仍然保留了这一段，其评点则只是调侃韩伯龙还没有正式上梁山就以梁山好汉口气吓唬李逵，所谓："未列

门墙，先使势要，其死于斧，不亦宜乎？""世真有此人，调侃不少。""欲附大人成名而反遭挤进者，有如此龙矣，读之一叹。"可见金圣叹并没有真正读懂原著设计韩伯龙其人"不得与于一百八人之数者"的曲笔影射。

其实，这一段描写仍然服务于全书的总体隐喻。韩伯龙被李逵所杀，就在于他的名字叫得不好，"伯龙"者，大龙也，大龙是什么？那是当今天子。梁山一百单八将中，连有"托塔天王"绰号的晁盖都不允许进入，正式名字叫"伯龙"，那怎么可以进入呢？李逵误杀韩伯龙，还是暗示：《忠义水浒传》的根本思想宗旨，是坚持"忠义"价值观的绝对神圣，只反贪官，不反皇帝。

还有小说第一回出现的八十万禁军教头王进，受高俅迫害而逃亡，路途中成了九纹龙史进的师父，教完史进后就投奔延安府老种经略相公镇守边关去了。金圣叹所谓："开书第一筹人物，从此神龙无尾，写得妙绝。"描写王进的有限篇

幅中，突出写他"孝子如画""全是儒者气象"（金圣叹评点），
而又武艺高强，姓王名进，寓意深远。只有像他这样忠臣孝
子式的人物，才可姓"王"而名"进"，予以推崇。王进教
出来的徒弟是一百单八将中第一个出场的，姓"史"名"进"。
忠臣孝子教出来的徒弟，却被逼上梁山，但最后仍然接受招
安而为国捐躯，真堪"进入青史"，这或者是"史进"的一种
寓意。

　　与王进构成正反对照的，是梁山的开拓者、第一代山寨
之主王伦。绰号"白衣秀士"，自然也是"儒者"，姓王名伦，
居然造反不臣，占山为王，"王伦"也就成了"亡伦"——灭
绝伦理纲常，自然也只能被林冲杀死。王进与王伦，两个最
早出场的王姓人，都不入一百单八人之数，十分意味深长。

　　《忠义水浒传》的确通过高超的艺术手段，巧用"王"和
"龙"这种最高统治者的象征符号，而传达了"忠义"的价
值导向。

通过前两讲，我们明白了《忠义水浒传》最主要的思想价值导向，就是书名标出的"忠义"二字。而体现"忠义"价值导向最核心的人物，就是梁山泊领袖宋江。但还有一位可以与宋江并驾齐驱的英雄，其实体现了《忠义水浒传》的第二思想价值导向。这位英雄是谁呢？不是卢俊义，不是林冲，不是武松，也不是鲁智深，而是浪子燕青。

一、燕青出场很隆重

对燕青重要地位的设计，首先体现在石碣天书的排名上，他是天罡星之末，排名第

三十六位。微妙就在这里，因为这是一种"首尾呼应"的格局，就是倒个个儿，他也就是天罡星之首。正如《红楼梦》第五回太虚幻境里"薄命司"的册子，正册第一乃"钗黛合一"，而最后一名秦可卿却是"鲜艳妩媚有似乎宝钗，风流袅娜则又如黛玉"，乳名"兼美"。殿军也就是冠军。小说中也使用春秋笔法作过画龙点睛的提示，如第七十四回开头："话说这燕青，他虽是三十六星之末，却机巧心灵，多见广识，了身达命，都强似那三十五个。"

在"出场待遇"上也得到体现。前面已经提过，出场时的浓墨重彩隆重推出，一百单八将中，只有对燕青的描写堪和宋江比肩。百回本第六十一回，燕青登场，先出一篇骈文赞语，所谓"六尺以上身材，二十四五年纪……腰间斜插名人扇，鬓畔常簪四季花"，然后刻画其身材相貌技艺，交代其来历出身，后面再加一阕《沁园春》：

　　唇若涂朱，睛如点漆，面似堆琼。有出入英武，凌云志气，资禀聪明。仪表天然磊落，梁山上端的夸能。伊州古调，唱出绕梁声。　　果然是，艺苑专精，风月丛中第一名。听鼓板喧云，笙声嘹亮，畅叙幽情。棍棒参差，揎拳飞脚，四百军州到处惊。人都羡英雄领袖，浪子燕青。

出场待遇高，燕青很重要。

　　那么燕青的重要性体现在哪里呢？原来虽然给他的定位是"浪子"，但其主要事迹和业绩，却与宋江的"忠义"大业密切交集。燕青是梁山第一美男，与黑而矮的丑男宋江遥遥相映，在后半段梁山事业的发展演变中，他们两人其实起着同样重要的作用。

　　我们看燕青的人生轨迹，在第六十一回出场后，每一个十回中都有他的重要故事。分别是：

第六十一回"吴用智赚玉麒麟"中燕青出场；

第六十二回"放冷箭燕青救主"中救卢俊义；

第七十二回"柴进簪花入禁苑"中随柴进、宋江进京城为招安探路；

第七十四回"燕青智扑擎天柱"中去山东打擂台而尽显武艺；

第八十一回"燕青月夜遇道君"中在李师师处见到宋徽宗而促成招安大业；

第九十回"双林渡燕青射雁"征辽后射雁；

第九十四回中随柴进入方腊军中当间谍；

第九十九回中杀了方腊的侄子方杰，凯旋东京途中离队归隐。

这些情节中，第六十一回和第六十二回是上梁山之前，燕青救主人卢俊义的故事。后面的情节都发生在上梁山之后，而其主要内容，其实就是为实现宋江的政治路线招安而

奔走出力，以及招安成功后在平定方腊的战役中建功立业。

为能被朝廷招安，重新回到体制内安身立命而奋斗，这一政治目标和路线，是宋江提出来的，但路线得以顺利实行，目标得以实现，其实完全靠燕青的能耐和活动。

几乎可以说：招安成功，全靠燕青。

要让招安从愿望变成现实，关键的人物是当朝皇帝宋徽宗。怎样才能让隔着九重天的皇帝了解梁山好汉的初心，造反是被逼无奈，其实都是满怀忠心的江湖义士，因而做出决断，实行招安的大政方针？两个重要角色起了作用。一个是徽宗信任的大臣太尉宿元景，另一个是徽宗的情人名妓李师师。而打通这两个人的关节，使几乎不可能的目标变成现实的，就是燕青。第七十二回"柴进簪花入禁苑"、第八十一回"燕青月夜遇道君"集中写了燕青打通李师师、宿元景关节的故事。

燕青是随着梁山智赚卢俊义而出现的，把一个毫无造反

动机也无造反情境的北京城里有名的大员外硬生生地拉上山坐第二把交椅，从故事逻辑上说，实在不合情理，但从思想逻辑上说，则有深刻作意。因为智赚卢俊义上山，其实也是宋江在为实现招安目标作前期铺垫。一方面，卢俊义武艺超群技压群雄，他坐第二把交椅，自然加重了梁山内部倾向招安的势力砝码；另一方面，则也是向朝廷突显梁山好汉确实是良民为主的队伍，它的领袖一个是前县政府押司，另一个是有名的大财主员外，还不放心吗？燕青被写成卢俊义的心腹小厮，其实就是要写他将是宋江实施招安的最得力推手，这才是小说真实的写作逻辑。有关燕青的各种重要情节，都是围绕招安而设置的。金圣叹腰斩《水浒》，止于第七十一回排座次，燕青也就丢魂落魄，成了一个影子似的人物，精气神全没了。

提出招安是宋江，实现招安靠燕青。

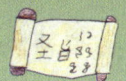

二、燕青的功成身退

　　燕青是促成招安大业得以实现的第一功臣，在平方腊中充当打入对方内部的间谍，又立有奇勋。但他又是一个功成而及时身退的奇人。第九十九回的"大结局"，在征方腊之役结束返回京城途中，燕青就劝自己的主人卢俊义"私去隐迹埋名，寻个僻净去处，以终天年"。而卢俊义执迷不悟，要回朝领赏做官，并问燕青："你如何却寻这等没结果？"燕青笑道："主人差矣。小乙此去，正有结果。只恐主人此去，无结果耳。"说不动卢俊义，"燕青纳头拜了八拜，当夜收拾了一担金珠宝贝挑着，径不知投何处去了"。他还给宋江留下了一封告别信，并留口号四句拜辞："情愿自将官诰纳，不求富贵不求荣。身边自有君王赦，淡饭黄齑过此生。"

　　所谓"身边自有君王赦"，乃第八十一回的情节。为了

让朝廷招安梁山，燕青去见李师师并认作姐弟，忽然通报宋徽宗来了，"燕青便拜告李师师：'姐姐做个方便，今夜教小弟得见圣颜，告的纸御笔赦书，赦了小乙罪犯，出自姐姐之德。'"李师师道："今晚教你见天子一面。你却把些本事动达天颜，赦书何愁没有。"果然，后面"李师师叫燕青吹箫，伏侍圣上饮酒。少顷，又拨一回阮，然后叫燕青唱曲"，燕青先唱了一阕情词《渔家傲》，"燕子不来花又老，一春瘦的腰儿小"，"真乃是新莺乍啭，清韵悠扬"，趁势再唱一支《减字木兰花》，道出了求告赦书的请求："极天罔地，罪恶难分颠倒！有人提出火坑中，肝胆常存忠孝。"在李师师的软磨硬泡下，宋徽宗御笔亲书"特赦燕青本身一应无罪，诸司不许拿问"。一方面为梁山的集体谋求出路，同时也不忘争取自己的利益，正表现燕青伶俐机智，非同一般。

实现功成身退是悠久的历史文化传统，最著名的代表人物是春秋时期越国的范蠡和汉朝初年的张良。范蠡帮助越

王勾践打败并灭亡吴国，成功之日就对文种说，勾践这个人只能共患难不能共富贵，要及早隐退。范蠡夜遁五湖（即太湖），隐姓埋名去经商，成了富豪，号陶朱公，据说还带着绝世美人西施，而没有及时离去的文种，后来则被勾践所逼而自杀。张良是辅佐汉高祖刘邦打败项羽夺得天下建立汉朝的"三杰"之一，据说后来跟随黄石公去修道成仙。范蠡和张良，既建立了不朽的功业，又能全身而退，逍遥隐居，实现了个人的自由，是"儒道互补"的完美典型，从此成了一种文化理想、一种文化符号。同样，燕青促成招安，然后征辽、平方腊，屡建奇功，这是实现了"儒"的事功，却功成不受赏，归隐去江湖，这又实现了"道"的逍遥，正是悠久文化传统的卓越艺术体现。

范蠡去做陶朱公，张良追随黄石公。

功成身退是燕青，水浒另类大英雄。

三、燕青的"浪子风流"

还可以从另一个角度欣赏《忠义水浒传》演义"儒道互补"文化理想的艺术构思。那就是宋江其人其事主要突出了"忠义变奏"的人格范型,燕青的故事则着重体现了"浪子风流"的审美理想。

石碣天书上面,燕青的绰号就是浪子。前面讲到的燕青出场,无论骈文赞语、散文介绍,或者《沁园春》词,都反复渲染他的"浪子风流",所谓"人都羡英雄领袖,浪子燕青"。那么,浪子的内涵包括些什么呢?

首先是"浪荡"的浪。即浪子绝对不会是宅男,他必然有反抗性、叛逆性,必定要离家出走、流浪江湖。宅是家,广义上就是指体制内。体制内不愿意待了,或者待不下去了,总之不管出于何种千奇百怪的原因,主动或被动地离开

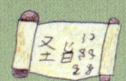

了体制内，到了体制外。一百单八将，全都符合这一条，各有各的道，但条条道路通水浒、通梁山。梁山泊就是体制外的象征，也就是江湖。"逼上梁山"其实就是这个意思。好汉都是优秀的"浪子"。他们走上造反的道路，"官逼民反"是外因，本身的"浪子"气质则是内因。第一个出场的史进，接着出场的鲁达，就是杰出的浪子英雄。

其次是到了江湖上浪荡闯世界，更是需要花钱的。如果资本雄厚，特别讲"义气"，也就是所谓仗义疏财，则名声大涨，如鱼得水，往往就成了领袖人物——晁盖、宋江、柴进等就是如此。

体制外比体制内少了约束，但也更多危险，要生存下去，当然必须有能力，所谓人在江湖漂，总得会两招。一百单八将，武艺有高低，但都有两下的。即使原来在村学当教书先生的吴用，不仅满腹机谋，而且出场时手里也拿着铜链，能把正在格斗的刘唐和雷横隔离开（第十四回）。即使

是书法家圣手书生萧让，也说他"会使枪弄棒，舞剑抡刀"，刻图章的金大坚，"亦会枪棒厮打"（第三十九回）。

但真正优秀的浪子，或者说"浪子"的本义，还得有风流浪漫的"浪"，也就是要有多方面的文艺体育才能，从而体现出一种风流态度、浪漫才情，音乐歌舞素质最能把人的风流意态张扬出来。这样的人，也必然是颜值高的帅哥。符合这个标准的，梁山好汉中却没有几个，只有燕青、乐和、马麟和董平这四个人。

其中最能体现完美"浪子"气质风流的第一人，无疑是燕青，故他的绰号就叫"浪子"。燕青是被大财主卢俊义收养的孤儿，自小养成了慷慨大方豪爽仗义的气概胸襟，一身好武艺，摔跤能手，还有弩箭绝技，智商更是一等一，所谓"百伶百俐，道头知尾"（第六十一回）。而燕青的形象，那更是绝对的小鲜肉文艺范："一身雪练也似白肉，卢俊义叫一个高手匠人，与他刺了这一身遍体花绣，却似玉亭柱上铺着

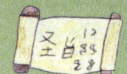

软翠。若赛锦体，由你是谁，都输与他。不则一身好花绣，更兼吹的、弹的、唱的、舞的、拆白道字、顶真续麻，无有不能，无有不会；亦是说的诸路乡谈，省的诸行百艺的市语。"（第六十一回）

几条浪子标准，只有燕青全占。

四、"浪子风流"面面观

燕青绰号浪子，但为何姓燕名青，而且还有另外一个绰号小乙呢？原来，这里面又隐藏着若干文化和艺术密码。

"燕青"两个字的表面意思，就是一只可爱的黑羽毛小燕子。燕青是燕子，自由又可爱。燕青又名小乙，乙鸟指燕子，乙和燕一声之转，小乙的别号正和姓氏燕互相呼应。北宋词人晏殊《浣溪沙》中有一联名句："无可奈何花落去，似曾相识燕归来。"燕青是一只自由自在的燕子，也有"似曾相

识燕归来"，回首沧桑而感慨万千的隐喻。他给宋徽宗唱曲中有"燕子不来花又老"之句，正隐此意。第九十回"双林渡燕青射雁"则是暗示梁山泊大聚义即将风流云散。

这一回中宋江带领众弟兄去拜见五台山的智真长老，询问前程，智真长老写下四句偈语："当风雁影翻，东阙不团圆。只眼功劳足，双林福寿全。"而后面接上这样的情节："宋江在马上正行之间，仰观天上，见空中数行塞雁，不依次序，高低乱飞，都有惊鸣之意。宋江见了，心疑作怪；又听的前军喝采（彩），使人去问缘由。飞马回报：原来是浪子燕青，初学弓箭，向空中射雁，箭箭不空。却才须臾之间，射下十数只鸿雁，因此诸将惊讶不已。"宋江感到伤心，责备燕青："天上一群鸿雁，相呼而过，正如我等弟兄一般。你却射了那数只，比俺弟兄中失了几个，众人心内如何？"宋江又"有感于心"，在马上口占一首七言绝句，晚上到了双林渡口，又填词一阕。所谓"忽然失却双飞伴，月冷风清也断

肠"，"楚天空阔，雁离群万里；恍然惊散"。双林本是佛祖涅槃于两株树下的典故，特意描写"双林"渡口，自然味在其中：梁山好汉即将"涅槃"完结了。

燕青射雁，宋江伤感，象征后面的征讨方腊之役，就是梁山好汉即将伤亡星散的一个前奏。下一回即第九十一回，就开始了死伤离别：先是走了公孙胜，皇帝留下了金大坚、皇甫端，蔡太师用了萧让，王都尉要走了乐和，与方腊的第一仗，就折损了宋万、焦挺、陶宗旺。第一个死去的是宋万，乃开拓梁山根据地的元老之一，又与宋江同姓，寓意十分明白。而平方腊的最后一战，在战场上死去的最后一个梁山好汉，则是另一个梁山根据地早期开拓者杜迁，照应严密。

燕青双林射雁，梁山好汉离散。

燕青是燕子，是浪子，他之所以能得到李师师的倾力协助，并得到宋徽宗的青睐，就在于他是一个魅力无穷的风流

浪子。所谓"原来李师师是个风尘妓女，水性的人，见了燕青这表人物，能言快说，口舌利便，倒有心看上他"，"官家（宋徽宗）看了燕青一表人物，先自大喜"（第八十一回）。

最耐人寻味的，是宋徽宗也是个浪子，小说第二回他第一次出场时还是端王，"乃是神宗天子第十一子，哲宗皇帝御弟，见掌东驾，排号九大王，是个聪明俊俏人物，这浮浪子弟门风帮闲之事，无一般不晓，无一般不会，更无一般不爱。即如琴棋书画，无所不通；踢毬打弹，品竹调丝，吹弹歌舞，自不必说"。

这位浪子皇帝邂逅喜欢上了另一个市井浪子高俅，任用为太尉，结果王进被逼走，林冲被逼反，所谓"乱自上作"即由此而来。我在相关论文和著作中详细追溯分析过"好浪子"和"坏浪子"的对垒乃是元代散曲杂剧中一大主题内容，即关汉卿自诩的"我是个普天下郎君领袖，盖世界浪子班头"（《南吕·一枝花·不伏老》），以及元杂剧创造的文学形象张

君瑞、王焕等风流浪子是"好浪子",而那些仗势欺人强抢民女的"衙内""花花太岁"等则是"坏浪子"。好浪子们多才多艺多情,坏浪子们则是"有权势的无赖"。元杂剧和元散曲一方面赞美"浪子风流",另一方面鞭挞无赖恶霸的坏浪子,达到了艺术的相反相成。

"浪子风流"乃元杂剧的核心意境之一,《忠义水浒传》的一个重要来源即元杂剧。燕青的形象,承继了元杂剧中浪子的各种特点,如落拓不羁的性情,歌赋吹弹等文艺才能,聪明伶俐和侠骨柔情等,当然更增加了英雄侠义小说所不可缺少的超强武功以及虽然风流却又不溺于情色的道德光环,乃小说作者最心仪的一个文学人物。引一段元杂剧《逞风流王焕百花亭》中对男主角的描写,与燕青出场时的刻画赞美对照:"他便是风流王焕,据此生世上聪明,今时独步。围棋递相,打马投壶,撇兰撅竹,写字吟诗,蹴踘打诨,作画分茶,拈花摘叶,达律知音,软款温柔,玲珑剔透,怀揣十大

曲，袖褪《乐章集》（宋代浪子词人柳永的作品集），衣带鹌鹑粪，靴染气球泥，九流三教事都通，八万四千门尽晓。端的个天下风流，无出其右。"

在水浒故事早期资料龚圣与《宋江三十六人赞》中，"浪子燕青"的赞词是："平康巷陌，岂知汝名？太行春色，有一丈青。"这里提到"平康巷"（风月场所）和"春色"，可见早期的传说中，燕青更是一个典型的元杂剧式风流浪子，尚未有虽风流而又不好色的正统色彩。

燕青和《忠义水浒传》中坏浪子的代表高俅也发生了有趣的交集，上演了让人捧腹的一幕。那是在第八十回"宋江三败高太尉"中。高俅被梁山打败而且擒拿上山，宋江的目的是招安，因此对高俅大加款待，"大吹大擂，会集大小头领，都来与高太尉相见"。"高太尉大醉，酒后不觉失言，疏狂放荡，便道：'我自小学得一身相扑，天下无对。'卢俊义却也醉了，怪高太尉自夸天下无对，便指着燕青道：'我这个

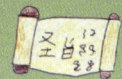

小兄弟，也会相扑。上番上岱岳争跤，天下无对。'高俅便起身，要与燕青厮扑。……两个脱了衣裳，就厅阶上，宋江叫把软褥铺下。两个在剪绒毯上，吐个门户。高俅抢入来，燕青手到，把高俅扭摔得定，只一跤，撷翻在地褥上做一块，半晌挣不起。这一扑，唤做守命扑。"

这是《忠义水浒传》中非常精彩的一段，其中既有幽默调侃，又有深刻的思想，可惜以前没有得到研究者们的注意和鉴赏。

燕青与高俅相扑，燕青为徽宗唱曲，三个"浪子"如此际遇，最是有趣而且深刻。《红楼梦》第二回贾雨村发表"正邪二气所赋之人"的玄论，宋徽宗正是"两赋之人"名录中三个皇帝之一。其实，燕青也应列入这个名录中，是不仅有艺术天赋还擅长武艺的"正邪二气所赋之人"。而高俅，则属于"坏浪子"，滑向"邪气"一流了。

三个浪子巧相逢，风流好坏在其中。

浪子燕青逞风流，上接元曲下红楼。

比元杂剧中的"浪子风流"又提高一层，是《忠义水浒传》中的燕青更被涂抹上了道德的光环，这就与宋江代表的"忠义"价值观更谐调了。为了招安大业，面对绝代名妓李师师的勾引，燕青坚定地克制住自己的心猿意马，以结拜姐弟而"拜住了那妇人的一点邪心"，突出燕青虽然"浪子风流"，却又能坐怀不乱，两方面都达到了极致。钱锺书《管锥编》迻录此段情节，作为以兄妹之情化阻异姓男女之情事例，并佐证以其他作品，如宋范公偁《过庭录》记载唐传奇《虬髯客传》故事原型《黄须传》中，红拂见虬髯客从窗外看自己梳头，即认其为兄，乃"正名定分，防其萌非分想也"；又宋话本《宋太祖千里送京娘》，赵匡胤送赵京娘返乡，京娘想以终身相托，赵匡胤婉拒，说："俺借此席面，与小娘子结为兄妹。"再元杂剧《西厢记》中崔老夫人悔婚，让莺莺拜张生为兄；另一本元杂剧郑光祖《㑇梅香骗翰林风月》楔

子中："裴小蛮云：'不知夫人主何意，却叫俺拜他做哥哥。'"
第一折则有："白敏中云：'将亲事全然不提，则说着小姐拜哥哥。'"钱锺书更认为这种情节中西文化有相同处：孟德斯鸠《随笔》亦引语云："愿彼美莫呼我为兄，若然，吾亦不得不以妹称之矣。"又某英国小说家自传，说自己曾遇到一个女小说家，才高而貌陋，恐其钟情于己，乃写书信约为兄妹。1998 年版电视剧《水浒传》改编李师师最后随燕青乘船而去，仿佛范蠡载西施遁五湖故事。"金孔雀配金马鹿，一起走向绿色的雾。"这当然更多地化入了现代人的审美诉求。

前面说过，从《忠义水浒传》原著的立意来说，燕青所体现的"浪子风流"，是与"忠义变奏"互为表里的另一条文化精神主脉，其背后的思想资源是道家的理想和美学。多才多艺多情的风流浪子，浪迹江湖，遭遇磨难，成长为斗士而做一番江湖事业，待功成后急流勇退，以逍遥自在的隐逸而谢幕。忠而不奴，俊而不艳，燕青把浪子风流作了完美的诠

释。如流行歌曲所唱：风往北吹，你走得好干脆。我是自由生长的树，回到最初的华美。

对现代人来说，《忠义水浒传》的双主角和双主题，宋江所代表的"忠义变奏"已经有些不合时宜，而燕青所体现的"浪子风流"显然更具魅力，更有吸引力，更能激发出源源不断的审美冲动。这是新时代新社会新新人类的价值笃定：个性和趣味至上，家国和社会次之；艺术第一，政治第二！人最重要的是过一个有声有色情趣盎然的人生，风流一度，潇洒走一回，不为所谓功名富贵所牵累。万岁！乌拉！Enjoy Life！

前几讲已经说清楚，《忠义水浒传》有两个基本价值导向，第一价值导向是"忠义变奏"，第二价值导向是"浪子风流"，分别在宋江和燕青两个人物身上得到了最艺术的体现。"忠义"本身是存在悖论的，有悲剧色彩的，笃定忠义价值观，要付出血的代价，要牺牲江湖弟兄们的生命"为王前驱"，但捐躯报国体现了忠义，是信仰，是正果，是正能量，是必须予以肯定的主旋律。这就是《忠义水浒传》作者要表达的本意，也是宋江作为小说第一主角的真实内涵。作者就是要写宋江是一个始终心怀忠义终于回头是岸的黄巢，他带领梁山兄弟们走上一条悲

壮但光荣的"青史留名"的正道、大道。同时，作者也毫不掩饰对另外一种价值观的向往与由衷赞美，所以对燕青的浪子风流、功成身退作了精彩绝伦的描写。说到底，宋江与燕青，是"儒道互补"的江湖版本。如果再加上最后在浙江杭州六和塔坐化的鲁智深，就是中国传统文化儒、道、佛三足鼎立的全方位完美呈现了。

前面也说过，现存最早完整的《忠义水浒传》，全名是《李卓吾先生批评忠义水浒传》，清朝以来曾经长时期流行的，是金圣叹评点的《第五才子书施耐庵水浒传》，也就是说，几乎从小说一开始问世，就伴随着文艺批评。这些文艺批评，随着时代的更替和思潮的演变，因人因时而异而与时俱进，即不同的历史时期，有不同的"接受美学"或"读者导向批评"。形式上，逐渐从评点到论文，思想争论的焦点，则集中在小说的"主题"或"主旨"有不同的认识立场，尤其聚焦于"忠义"与否的问题。

　　我有一本评批《忠义水浒传》，于 2013 年完成。其中的"前言"，一部分内容，是对历代针对此小说的文艺批评作回顾与评说。这里只钩玄提要，举几种围绕宋江评价之最有代表性的意见，勾勒一个最基本的轮廓。

　　众声喧哗评宋江，《水浒》价值端何在？

一、明代和清代的评价

　　明代对宋江的评价，可举《李卓吾先生批评忠义水浒传》中的这一段话为例：

　　　　独宋公明者，身居水浒之中，心在朝廷之上，一意招安，专图报国，卒至于犯大难，成大功，服毒自缢，同死而不辞，则忠义之烈也，真足以服一百单八人者之心，故能结义梁山，为一百单八人之主。

　　然而，对立的意见已经出现，如一个叫怀林的和尚这样说：

　　　　若夫宋江者，逢人便拜，见人便哭，自称曰"小吏""小吏"，或招曰"罪人""罪人"，是假道学、真强盗也。

　　清初的金圣叹，则对宋江深恶痛绝，甚至不惜伪托"古本"而改写文本，对宋江予以极力丑化。他说：

　　　　《水浒传》有大段正经处，只是把宋江深恶痛绝，使人见之，真有犬彘不食之恨。从来有人却是不晓得。《水浒传》独恶宋江，亦是奸厥渠魁之意，其余便饶恕了。

金圣叹又说：

由今日之《忠义水浒》言之，则直与宋江之赚入伙，吴用之说撺筹，无以异也。无恶不归朝廷，无美不归绿林，已为盗者读之而自豪，未为盗者读之而为盗也。

二、近现代的评价

鲁迅在《三闲集·流氓的变迁》一文中说：

一部《水浒》，说得很分明：因为不反对天子，所以大军一到，便受招安，替国家打别的强盗——不"替天行道"的强盗去了。终于是奴才。

二十世纪后五十年直到二十一世纪初，大学中文系的标准教材是游国恩等主编的《中国文学史》，其中评论宋江：

> 《水浒传》里的宋江作为义军领袖，有他的特点和长处；他反对强暴，反对贪官污吏，同情人民的疾苦。……但是上述这些特点，对一个农民起义的领袖来说还不是最重要的，而具有决定意义的是在革命斗争时是否具备坚定的阶级立场。恰恰在这最重要问题上宋江存在着严重问题。

同期中国科学院（当时尚无独立的社会科学院）文学研究所编写的《中国文学史》则说：

> 作为封建社会里的一种农民革命运动的领袖，

宋江的形象是写得成功的。他既是促使农民起义事业发展兴盛的一个重要因素，又是导致农民起义事业变质、崩溃的一个重要因素。这两个看来矛盾的东西，在他的性格的两面性上统一起来。

后来毛泽东说了一段著名的话：

《水浒》这部书，好就好在投降。做反面教材，使人民都知道投降派。《水浒》只反贪官，不反皇帝。屏晁盖于一百〇（原文是〇不是零）八人之外。宋江投降，搞修正主义，把晁的聚义厅改为忠义堂，让人招安了。宋江同高俅的斗争，是地主阶级内部这一派反对那一派的斗争。宋江投降了，就去打方腊。（1975 年 9 月 4 日《人民日报》）

　　到了改革开放的新时期，针对这一段话，作家王蒙说："不能不承认这是《水浒》研究上的一种新见解，是把《水浒》读活了评活了，是一种不无根据的、言之成理的，令人啧啧称奇的一家之言。"（王蒙《发见与解释》，《读书》1990年第11期）

　　同济大学哲学教授陈家琪著有《人在江湖——〈水浒〉：一个文本和一种解读》（山西教育出版社1994年出版），是富有思想理论深度的《水浒传》义理研究。其中也说："十五年一下就过去了。沿着毛泽东当年评《水浒》的思路继续想下去的并不多。但毛泽东当年提出的问题在学术上又绕不过去。"

　　华东师范大学古典小说研究专家竺洪波在其《英雄谱与英雄母题:〈三国演义〉与〈水浒〉研究》（上海古籍出版社2013年出版）中则说:"'宋排晁'（即宋江架空晁盖。——引

者注）却在时代风尘褪去以后逐渐显露其浓厚的学术底蕴，成为一个《水浒》研究中严谨的学术命题。"

另一方面，则有文艺批评家刘再复，于新世纪出版《双典批判：对〈水浒传〉和〈三国演义〉的文化批判》（生活·读书·新知三联书店 2010 年出版），认为《水浒传》张扬"造反有理"，渲染"屠杀快感"，《三国演义》是"中国权术大全"，赞美"破坏性智慧"。二书败坏世道人心，荼毒"国民性"，乃"中国的地狱之门"。

2017 年第 4 期《明清小说研究》刊有赵敬鹏《论〈水浒传〉主题的图像传播——以"义"为中心》，文章分析《忠义水浒传》中的"义"可分为若干类型，指出："忠"的概念自先秦之后即已定型，特指下对上、臣对君的道德准则。"义"主要指敢于为友人、知己赴汤蹈火，"士为知己者死"，为他人奉献的精神，还指代一般意义上的人与人之间美好的情感。"义"除了偶尔也指代忠，还有其他类型。一百二十

095

回《水浒传》中，"义"字共出现1076次。卢俊义、毛仲义、王义等人物名字外，还有：义士、忠义堂、忠义、忠肝义胆、义气、聚义厅、结义、认义、拜义、大义、聚义、仗义、呼保义、背义、不义、无义、失义、仗义疏财、仁义、恩义、孝义、义释、义勇、起义、义胆、义夫节妇、义夺、义友、义弟、义理、有德有义、有仁有义、有义。忠义堂出现词频65次，忠义、忠肝义胆60次，义气43次，聚义厅41次，聚义26次。义士最多，71次。

而"义"的类型，可分为三种。第一种类型的"义"特指正义。鲁提辖拳打镇关西中，金老称鲁达为"义士"，就是这种类型的"义"。鲁达履行正义的举动之所以能够给人以审美快感，根源是再现了"义"之起源于渴望报复和平等的理念。第二种类型的"义"偏重人与人之间美好的情感，它不仅包括普通的友谊，也包括"交情浑似股肱，义气如同骨肉"的金兰结义；不但超越阶层之别，又

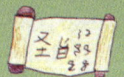

独立于法律之外。如宋江给晁盖通风报信，朱仝纵放晁盖并"义释"被政府追捕捉拿的宋江和雷横。第三种类型的"义"则专门用于啸聚山林者，所谓行侠仗义的乌托邦。时代混乱，秩序失范；个人愿望无法实现，靠心理补偿；独立人格没有建立，存在太多依赖心理。这就是水泊梁山初期的"聚义"，盘踞之地就叫"聚义厅"。这种类型的"义"容易走向极端和畸形，如梁山好汉一方面标榜"以忠义为主，全施仁德于民"，另一方面会为了山寨"三五年粮食"而去攻打平民村庄，如三打祝家庄。这种"义"说白了就是赤裸裸的强盗逻辑。

《论〈水浒传〉主题的图像传播——以"义"为中心》的这些分析论述，实际上涉及了《忠义水浒传》为何要用"忠"来规范"义"，要用宋江的"忠义"否定晁盖的"聚义"之深层文本逻辑。卢俊义名"俊义"，也可以解释为，"义"之所以"俊"，乃在于他服膺宋江的忠对义之制约，甘心坐第二把

交椅辅佐宋江。

对宋江的"众声喧哗",反映的其实是不断变化的时代意识形态思潮在阅读古代小说上面的不同折射。

时代思潮变化,忠义不同评价。

要革命就批判招安,要安定就赞扬忠义。

那么又如何理解从怀林、金圣叹就开始说宋江"虚伪""权诈"的批评意见?这其实涉及创造小说人物需要写出性格的真实性和复杂性,写出"圆"的人而不是"扁"的人,以及写作上的"反讽"艺术。宋江作为一个政治人物,一个江湖造反集团的领袖,不管其内在追求的价值观如何以"忠义"为核心,他也不可能是一个单纯的"好人"和"君子",而必然表现出有"权谋"的一面,正如他在浔阳楼所写《西江月》词所形容的:"自幼曾攻经史,长成亦有权谋。恰如猛虎卧山丘,潜伏爪牙忍受。"金圣叹赞为"真人"的李大哥李逵,却嗜杀如命滥杀无辜,故号"天杀星","快意恩仇"的

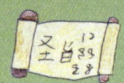

武都头武松，小说也写他"杀伐过重"而最后断臂，号"天伤星"。这正说明《忠义水浒传》是杰出的艺术品，而不是简单的道德宣教书。

三、水浒学的奥秘

1.小说中对宋江和黄巢菊花诗的影射，还有几个黄姓人的巧妙设置，以及对"王"和"龙"字眼的艺术处理，充分显示明代刊本《忠义水浒传》中的"忠义"就是小说要表达的主题，但小说也非常客观地描写了为实践忠义价值观必然要付出惨重代价。从这一角度观照，可以说《忠义水浒传》既体现了现实主义的深刻性，也坚持了传统主流意识形态的价值导向。

2.菊花诗、黄姓人隐喻以及"王"和"龙"等草蛇灰线的艺术设计，是贯穿于一百回本的，在前七十回的故事情节

中已经彰明较著，特别是全书并列的两大主角之一燕青的主要故事都发生在后三十回，说明百回书是一个不可分割的有机整体。那种说金圣叹确有一个在百回本之前的只有七十回的"古本水浒传"等等所谓"考证"，实为痴人说梦，毫无意义。

自然，这也充分表明，《忠义水浒传》是一位天才文人精心构思的伟大的独立创作，而不是什么"累积型"的"集体创作"（虽然"水浒"故事在历史上有过逐渐丰富的过程）。这也提醒我们，做学术研究，要考据、义理、辞章或曰考证、论证、悟证三者互相有机结合，才能探骊得珠而接近真理，某些所谓"纯粹考证"或空头理论的"研究"，则是盲人摸象，只能制造学术垃圾。

3. 金圣叹"腰斩"的七十回本《第五才子书施耐庵水浒传》（实为七十一回，第一回改为"楔子"），一度取代百回本而流行。那深层的原因是，前七十回止于"梁山泊英雄排座

次"的"大团圆"喜剧，回避了因招安而导致的众英雄死伤大半的悲剧结局，迎合了一般大众向往传奇英雄并获得精神满足，读小说是"寻乐子"，却不愿意欣赏悲剧美的通俗化接受心理，因而大行其道。

4. 尽管金圣叹通过丑化宋江并在七十回末增加"惊恶梦"的结局表达否定"造反有理"的价值导向，但一个隐喻性的简单结尾，无法冲淡前七十回大篇幅风风火火英雄传奇的强烈感染力，因此七十回本《第五才子书施耐庵水浒传》确实在相当长的历史时期内起到了宣泄反抗情绪而鼓舞"作乱"的审美作用。而这种实际的社会影响，又很自然地与后来逐渐成为主流的意识形态如"革命英雄主义""革命乐观主义""革命无罪，造反有理""反对投降主义"等价值导向互相契合。

5. 所谓"两种《水浒》，两个宋江"的说法，一方面要肯定前七十回张扬斗争和造反的审美渲染，另一方面又无法

回避毛泽东《水浒》这部书，好就好在投降"这个其实符合小说实际的文本判断，还是企图在革命意识形态的大框架内寻找学术平衡点。

6. 要革命就批判招安，要安定就歌颂忠义。这也体现了王蒙先生说过的革命党和执政党身份转变而引出对古典作品评价的微妙纠结。《忠义水浒传》主题思想认同差异的跌宕起伏，实际上是由接受者所处时代的意识形态变迁所左右的。不同版本的衍异也是意识形态的更化所造成，但历史上的"正本"，就是明刊本一百回的《忠义水浒传》，一百二十回本和七十回本则是不同历史时期"接受美学"的特殊表现形式。

7. 明末曾有书坊把《水浒传》和《三国志演义》合刻而名为《英雄谱》，说明"英雄"情节是这两本书的一个核心内涵，也是一种文化精神。但这种被歌颂的英雄，也有明确的价值导向，就是"忠义"。"英雄"是生命力的张扬，"忠义"

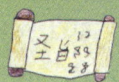

则是价值观的笃定。而《西游记》，同样展示由大闹天宫的"英雄"转型为西天取经的"圣贤"这一思想精神之生命轨迹。所以，这三部经典小说，都把"忠义英雄"的丰赡复杂内涵做了淋漓尽致的艺术展示。《三国志演义》中只有忠义化身的关羽上升为民间信仰的"圣人"，《忠义水浒传》中居然有两个关羽的替身关胜和朱仝。关胜是关羽的直系后裔，朱仝不仅相貌行为像关羽，姓"朱"名"仝"，亦暗通关羽之红脸赤心，读《春秋》重然诺的特点。总之，"英雄"与"忠义"不可割裂，"忠义英雄"才是中华传统文化根本的价值理想追求。

一、"水浒"故事的渊源与流变

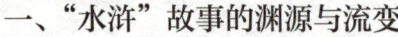

《宋史·张叔夜传》记载北宋末年发生宋江起义，活动于河北、山东一带："宋江起河、朔，转掠十郡，官军莫敢撄其锋。"《宋史·徽宗本纪》："淮南盗宋江等犯淮阳军，遣将讨捕，又犯京东、江北，入楚海州界，命知州张叔夜招降之。"《宋史·侯蒙传》："宋江寇京东。蒙上书言：'江以三十六人横行齐、魏，官军数万，无敢抗者，其才必过人。今清溪盗起，不若赦江，使讨方腊以自赎。'帝曰：'蒙居外不忘君，忠臣也。'"这次起义虽然持续时间不

长，但某些事迹逐渐在民间流传开来。南宋晚期，杭州人周密《癸未杂识续集》中辑录了龚圣与《宋江三十六人赞》及其序文，是比较全面描写水浒英雄而又见诸文字的记载。序文中提到"宋江事见于街谈巷语"，并有画家李嵩"传写"水浒英雄故事。

宋元之际的《大宋宣和遗事》，其中已经有对水浒故事比较详细的描述，如杨志、李进义、林冲等十二人运送花石纲、杨志卖刀杀人、宋江给晁盖通风报信、宋江杀阎婆惜、张叔夜招安宋江归顺宋朝、招安后去打方腊等情节，都是后来《忠义水浒传》的先河远影。

今天能看到宋元之际与水浒故事有关的资料，还有不少。如江西庐陵人罗烨《醉翁谈录》中记录了一些单篇"话本"的目录，有《石头孙立》《青面兽》《花和尚》《武行者》等，大致是在"街谈巷语"基础上形成。另有一些话本小说，如无名氏《李师师外传》和张端义《贵耳集》中描写李师师

的故事。还有宋元以来的一些诗歌散文，如元代陆友所写"睦州盗起瓀连城，谁挽长江洗兵马。京东宋江三十六，白日横行大河北。官军追捕不敢前，悬赏招之使擒贼。后来报国收战功，捷书夜奏甘泉宫。……"等。

现存元代、元明间或明初的水浒戏中，有二十四个剧目。见于史料的正面描写水浒英雄故事的有六位剧作家，其中有完整剧本保存的有康进之的《梁山泊李逵负荆》、高文秀的《黑旋风双献功》、无名氏的《梁山七虎闹铜台》《宋公明排九宫八卦阵》等十种。后来《忠义水浒传》中许多著名的英雄，都已经面目生动而性格灵动。

孙楷第《〈水浒传〉旧本考》："水浒故事，当宋金之际盛传于南北。南有宋江之水浒故事，北有金之水浒故事。……故水浒故事源于北宋，分演于南宋、金元，而集大成于元。"（《孙楷第集》第83页，中国社会科学出版社2008年出版）南方的"说宋江"，即《宋江三十六人赞》《醉翁谈录》所记

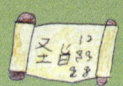

载有关"说话"名目,《大宋宣和遗事》是其代表,到元代汇为《宋江》,作者是南方人,可能就是施耐庵。

这些都对后来《忠义水浒传》的成书产生过或多或少或深或浅的影响。

二、《忠义水浒传》的版本与作者

前面讲"忠义"导向时,已经介绍过《忠义水浒传》版本流变的大致情况。流传下来的文本,最早的是两张残页,版口上的书名叫《京本忠义传》。刻印年代,在明朝正德、嘉靖年间。

重要的版本分为以下种类:

一是"文繁事简本",包括明万历年间的容与堂本《李卓吾先生批评忠义水浒传》,天都外臣撰序的《忠义水浒传》等。

　　二是"文简事繁本"，有一百零四回本、一百一十回本、一百一十五回本、一百二十四回本等，明末崇祯元年（1628）刘兴我刊一百一十五回本《水浒忠义志传》是一个有代表性的简本。

　　三是"文繁事繁本"，即一百二十回本，在百回繁本（删去"致语"）中插进了简本中征田虎、王庆的二十回，以明万历四十二年（1614）袁无涯刻《李卓吾评忠义水浒传全书》为代表。

　　四是"金圣叹腰斩本"，即贯华堂本《第五才子书施耐庵水浒传》，乃明末清初人金圣叹（金人瑞）删改并加评点的七十回本或七十一回本（原第一回成为"楔子"）。

　　主流意见认为繁本在前，简本在后，简本乃书商为减少成本牟利而删略描写文字却增加二十回平田虎、王庆故事的文本。一百二十回本是繁简合成本。金圣叹腰斩并加评点的贯华堂本最后出来。一百回的"繁本"《忠义水浒传》

是原本、真本，或成书于元末明初，但今传本是明代中期的刻本。

《忠义水浒传》的作者，有三种说法。第一种说法是罗贯中写了这部小说，见于明代嘉靖、万历年间的文人笔记（如田汝成《西湖游览志馀》）。第二种说法影响最大，是施耐庵和罗贯中共同创作，一些明代刊本上这样标署，明朝人的某些笔记也如此说。典型的是高儒于嘉靖年间所作《百川书志》，其中说："《忠义水浒传》一百卷，钱塘施耐庵的本，罗贯中编次。""的本"的意思，就是"真本"，是的的确确的本子。"编次"应该是整理、编辑的意思。第三种说法，是施耐庵一人所写。也有明朝人说过，但成了影响巨大的"定论"，则来自金圣叹刊行贯华堂本《第五才子书施耐庵水浒传》时，题"东都施耐庵撰"，又伪造了一篇托名施耐庵写的序，说七十回以后是罗贯中所续。

折中的意见：《忠义水浒传》应该是施耐庵著作，但罗贯

中也做了润色加工。关于施耐庵其人，也是众说纷纭，作为一般读者，没有详细了解的必要。当然，由于《忠义水浒传》今传本是明代中期的刻本，因而也有学者认为，与《三国志通俗演义》一样，《忠义水浒传》也可能是明代中期某个无名氏文人所创作，施耐庵也许只是个化名。

三、《忠义水浒传》的研究概况

前面"《忠义水浒传》的后世评论——时代意识形态的折射"一节中，已经简要勾勒出了有关这本小说研究的粗线条轮廓。如想更详细了解，可参阅高日晖、洪雁《〈水浒传〉接受史》，齐鲁书社 2006 年出版。陈松柏《〈水浒传〉源流考论》，是博士论文，人民文学出版社 2006 年出版，也可参阅。邓雷编著《〈水浒传〉版本知见录》，是关于版本的专著，凤凰出版社 2017 年出版。更早的研究著作，何心（陆澹安）的

《水浒研究》贡献颇大，此书初版于 1954 年，上海古籍出版社 1985 年出版的修订本更为完备。笔者也完成了一本评批本《水浒传》，尚在等待出版机会。

图书在版编目（CIP）数据

一看就明白的《水浒传》/ 梁归智著 . -- 北京：作家
出版社，2024.7

ISBN 978-7-5212-2915-8

Ⅰ. I207.412

中国国家版本馆 CIP 数据核字第 2024EE1126 号

一看就明白的《水浒传》

作　　者：梁归智
责任编辑：单文怡
装帧设计：书游记
插画支持：北溟有风
内文插画：钟乐源
出版发行：作家出版社有限公司
社　　址：北京农展馆南里 10 号　　　邮　编：100125
电话传真：86-10-65067186（发行中心及邮购部）
　　　　　86-10-65004079（总编室）
E-mail:zuojia @ zuojia.net.cn
http://www.zuojiachubanshe.com
印　　刷：北京博海升彩色印刷有限公司
成品尺寸：140×160
字　　数：50 千
印　　张：2.75
版　　次：2024 年 7 月第 1 版
印　　次：2024 年 7 月第 1 次印刷
ISBN　978-7-5212-2915-8
定　　价：29.00 元

作家版图书，版权所有，侵权必究。
作家版图书，印装错误可随时退换。